蔡澜作品自选集 卷四

蔡澜 著

霜鬓似妨

生活·讀書·新知 三联书店

图书在版编目（CIP）数据

霜鬓何妨 / 蔡澜著. —北京：
生活·读书·新知三联书店，2013.1
（蔡澜作品自选集）
ISBN 978-7-108-04364-1

Ⅰ. ①霜… Ⅱ. ①蔡… Ⅲ. ①杂文集－中国－当代
Ⅳ. ①I267.1

中国版本图书馆CIP数据核字(2012)第288994号

责任编辑 杨 乐 郑 勇
装帧设计 蔡立国
责任印制 徐 方
出版发行 生活·讀書·新知 三联书店
（北京市东城区美术馆东街22号 100010）
经 销 新华书店
印 刷 北京隆昌伟业印刷有限公司
版 次 2013年1月北京第1版
2013年1月北京第1次印刷
开 本 880毫米×1230毫米 1/32 印张 9.625
字 数 150千字 图 16幅
印 数 00,001-10,000册
定 价 29.00元

三联版总序

最初写作，是将过往的生活点滴记下，已是三十多年前的事。在报纸的专栏写了一些，终于足够聚集成书。倪匡兄说：“也好，当成一张名片送人，能写出一本，已算好的了。”

每天写，不断地努力，不知不觉间，书也出版了两百多本。如今看来，其中有些文字已过时，有些我自己不满意，也被编入书中。

认识了汕头三联书店的李春淮兄，他建议由三联出版我的全集。我认为与其出版全集，不如出版自选集，文章是好是坏，自己清楚。

与北京三联书店的郑勇兄谈妥，以《蔡澜作品自选集》为题，计划每辑四册，总共出七辑二十八册，收录这三十多年来的文章。略觉不佳的，狠心删掉；剩下来的，都是自己觉得还过得去，和大家分享。

此事由李春淮兄大力促成，书面市时，汕头的三联书店已经因购书者稀少而关闭。特此以这集书，献给他。

蔡澜

2012 年 11 月 22 日

目　录

名字的故事

我们家，有个名字的故事。

哥哥蔡丹，叫起来好像菜单，菜单。家父为他取这个名字，主要是他出生的时候不足月，小得不像话，所以命名为“丹”。蔡丹现在个子肥满，怎么样都想象不出当年小得像颗仙丹。

姐姐蔡亮，念起来是最不怪的一个。她一生下大哭大叫，声音响亮，才取了这个名。出生之前，家父与家母互约，男的姓蔡，女的随母姓洪，童年叫洪亮，倒是一个音意皆佳的姓名。

弟弟蔡萱，也不会给人家取笑，但是他个子瘦小，又是幼子，大家都叫他做“小菜”，变成了虾米花生。

我的不用讲，当然是菜篮一个啦。

好朋友给我们串了个小调，词曰：“老蔡一大早，拿了菜单，提了菜篮，到菜市场去买小菜！”

姓蔡的人，真不好受。

长大后，各有各的事业，丹兄在一家机构中搞电影发行工作，我只懂得制作方面，有许多难题都可以向他请教，真方便。

亮姐在新加坡最大的一间女子中学校当校长，教育三千个少女，我恨不得回到学生时代，天天可以往她的学校跑。

阿萱在电视台当高级导播，我们三兄弟可组成制、导和发行的铁三角，但至今还没有缘分。

为什么要取单名？

家父的解释是古人多为单名。他爱好文艺和古籍，故不依家谱之“树”字辈，各为我们安上一个字，又称，放榜时一看中间空的那个名字，就知道自己考中了。当然，不及格也马上晓得。

我的澜字是后来取的，生在南洋，又无特征，就叫南。但发现与在大陆的长辈同音，祖母说要改，我就没有了名。友人见到我只叫“哈啰！”，变成了以“啰”为名。

蔡萱娶了个日本太太，儿子叫“晔”，二族结晶之意，此字读“叶”，糟了，第二代，还是有一个被取笑的对象：菜叶。

烟

父亲今年七十八，嗜烟，至今没有停过。健谈，反应极快，和我走在一起像兄弟，可见得“吸烟危害健康”这句话，对某些人来说是不适合用的。

在他的遗传下，除了姐姐，我们兄弟三人都像烟囱一样烟喷个不停。

妈妈也抽烟，但几年前气管有点毛病，医生说不如把它戒了吧！

妈问道：“那喝酒呢？”

医生点点头。妈一高兴，真的下决心戒掉，说：“走了大娘，至少还有个小老婆！”

我在念初中的时候就偷妈的烟来抽，当时她吸的是浓郁的红点 LUCKY STRIKE，我一开始就享受极有分量的材料，而且又是个很有学习精神的徒弟，很快上手。

起初上厕所的时候来一支，后来午饭后和几个同学躲在学校的后山抽。睡觉之前也吸几口，烟蒂挤熄在烟灰盅里，用脚踢入床底下。第二晚一看，已是洗得干干净净，那是托奶妈之福。

父亲抽的是维吉尼亚的英国烟叶系统，我很不习惯它的味道，只喜欢土耳其系统的美国烟。在外国念书的时候我也常抽一种叫“金盒”的德国货，用的是土耳其和埃及烟叶，烟本身并不厉害，但发出强烈的味道，喜欢的人说很香，讨厌者认为比榴莲还臭。这个系统的烟有个特征，都是压得扁扁的椭圆形。

后来这种烟越来越难买，我的烟瘾也逐渐升级，要吸法国蓝色盒子的“吉旦”或“孤花”才满足。它们真是世界上最强烈的香烟之一，没有滤嘴。在烟的一头看到的烟叶呈乌黑，味道也来得浓郁。

一天要抽两三包，给父亲知道了，骂个不停。又因为这些烟在普通烟档买不到，只有去专门的地方购入。

抽这种烟的人少，货存太久，烟油从纸上透出，看了恶心就放弃了，改吸美国的流行牌子。最近又因为常咳嗽而又降级抽所谓“特醇”的。其实真正说起来我什么烟都抽，就是不抽蚊烟。

酒

每次出国，返港后必购佳酿白兰地，储起让母亲来香港小住时喝。她老人家已七十四岁，平均三天一瓶，无酒不欢。但走起路来比许多年轻人都快。

在她的遗传下，我们兄弟和姐姐四人都能喝酒。虽然没有真正比赛过，我承认自己是最差的一个。弟弟喝得最多，哥哥姐姐少饮，喝起来也凶，从来没有看到他们醉过。

这一次母亲一到，我把家里藏的同一个名厂白兰地的、不知年的、EXTRA、XO 和 VSOP 拿出来，倒入四个茶杯，让妈妈品尝。她当然一一分别，丝毫不差。友人和我就不行，喝不出它们的等级。我发觉我是一个不会喝酒的人。

通常，在只有 XO 和 VSOP 两种的差别下，还能辨别出比较顺口和不呛喉的是 XO，辛辣点的是 VSOP。不过开始有了醉意，就不管三七二十一了。所以我虽反对在 XO 里加冰、加水、加苏打，却认为VSOP的话就无所谓。

其实有VSOP来喝已经很不错，记得小时看母亲只喝斧头牌，后来有三颗星者就很高兴了。

在巴黎，法国朋友喝来喝去最多也不过是VSOP，偶然出现一瓶XO即刻当宝贝来品尝，我试过拿两种酒弄乱了给他们喝，结果他们也是分别不出。

日本人更不会喝白兰地，他们自己出产了一种SUNTORY的，难喝到极点。一看到法国产，无论什么牌子，都大叫："噢，华盛顿！"

有一次喝完了瓶拿破仑，把SUNTORY倒在里面请客，他们都赞叹："到底是不同！"

外国住久，习惯喝威士忌。初到香港，人人共饮白兰地，我一闻到那个味道就怕，一滴也不能入口，告诉自己说要是有一天也习惯喝白兰地的话，那就变成香港人了。现在，白兰地当然也喝，威士忌也照饮。白酒、红酒、伏特加、特奇拉、茅台、白干和双蒸，什么都喜欢。不喝的酒，只是火酒。

拾忆

小时住的地方好大，有二万六千平方英尺。

记得很清楚，花园里有个羽毛球场，哥哥姐姐的朋友放学后总在那里练习，每个人都想成为“汤姆士杯”的得主。

屋子原来是个英籍犹太人住的，楼下很矮，二楼较高，但是一反旧屋的建筑传统，窗门特别多，到了晚上，一关就有一百多扇。

由大门进去，两旁种满了红毛丹树，每年结实，树干给压得弯弯地，用根长竹竿剪刀切下，到处送给亲戚朋友。

起初搬进去的时候，还有棵榴莲树，听邻居说是“鲁古”的，果实硬化不能吃的意思，父亲便雇人把它砍了，我们摘下未成熟的小榴莲，当手榴弹扔。

房子一间又一间，像进入古堡，我们不断地寻找秘密隧道。打扫起来，是一大烦事。

粗壮的凤凰树干，是练靶的好工具，我买了一把德国军刀，直往树干飞，凿成个大洞，父亲放工回家后，被臭骂一顿。

最不喜欢做的，是星期天割草。当时的机器，为什么那么笨重？四把弯曲的刀，两旁装着轮子，怎么推也推不动。

父亲由朋友的家里移植了接枝的番荔枝、番石榴。矮小的树上结果，我们不必爬上去便能摘到，肉肥满，核子又少，甜得很。

长大一点，见姐姐哥哥在家里开派对，自己也约了几个女朋友参加，一揽她们的腰，为什么那么细？

由家到市中心，有六英里路，要经过两个大坟场，父亲的两个好朋友去世后都葬在那里，每天上下班都要看他们一眼。伤心，便把房子卖掉了搬到别处。

几年前回去看过故屋，园已荒芜，屋子破旧，已没有小时感觉到那么大，听说地主要等地价好时建新楼出售。这次又到那里怀旧一番，已有八栋白屋子竖立。忽然想起花生漫画的史努比，当他看到自己出生地野菊园变成高楼大厦时，大声叫喊：“岂有此理！你竟敢把房子建筑在我的回忆上！”

恋旧林

小时，真的住过一个“林”里，我们的家被椰子树、马来人的马答屋，以及鸟啼声包围，一片安详，比陶先生描述的田园更幽美。

在林中散步，忽然“砰”的一响，是熟透了的果实掉在面前或身后，吓得一跳，但马来小朋友说：“别怕，榴莲有眼，不会打中人头。”

呇嗻哩到处都是，此乃野生的印度果树，结细小的红实，放入口中一噬，甘液里都是种子的微粒，爸爸说是给鸟儿在印度吃了，老远地飞到这里，排泄后生长出来的。

树荫下，几个顽童在一起吞食呇嗻哩和打弹子，其中有个拿出数张黑白的春宫照片展示，看了整个人差点爆炸，在树林中跑了几个大圈才平静下来。

旷地一个水龙头，长发的马来少女在冲凉，她们围着条色彩缤纷的纱笼，当它是衣服也当它是浴巾，拿来擦干身体，有时露出小腿，有时略见乳晕。啊，又要在树林中跑上几个大圈。

离开之后，又栖身过许多旧林，绿树变成钢骨水泥的大厦，汽车喇叭代替了蝉鸣。怀念的并非旧林的情景，而是逝去的那血液汹涌澎湃的春天。

讲故事的老人

在一条河边，白天运输船繁忙地停泊下货。到了晚上，一切是那么地宁静，只看三五个人一群群地散步到一棵老榆树下。在这里老头已摆好了摊位，所谓的摊位，只是一盏汽油灯和一张小竹椅及一个钱钵。

老小的客人已经围着说故事者，用报纸铺着，席地而坐。我拼命地挤到前面，看老人点了火柴，咦，他要抽烟？不是，他点了一炷香，插在沙上。是在拜祭神明吗？

老人开始讲故事，他的题材很广阔，先从时事入手，叙述朝鲜战争打得是多么地剧烈！ 仁川一役，双方的死亡人数都清清楚楚，最高技巧是罗生门版本，不管客人是站在什么政治立场，他都能让人觉得战争是残酷的。嘘——他越来越大声地喊，嘘——那颗炸弹，就在我们的面前炸开，弹片破碎，划破了老百姓的肚皮，他还不知道痛，一直往前跑。你看，美国人也好，共产党也好，打些什么？还不是我们普通人遭殃？大家都同意。

那炷香烧完了，他叫麻脸的小儿子拿了钱钵在客人堆中走一圈。偶而，也有人丢下五毫或一角，或者干脆不给，他也照样道谢后又点了香继续他的故事。

热天，大人们打着扇，我们忍着汗，下一个是讲大头鬼，再下一个是摄青鬼。黑白无常的形容更是详细地说出是穿什么衣服，头发有多长，舌头伸到第二颗纽扣。

哇，我们吓得蜷成一团，有六七个小孩依偎过去，他轻轻地把他们抱住，其中一个是刚才收钱的麻脸，在麻脸身边的是他的姐妹弟兄。

乾隆皇下江南，什么古董字画都要收集，他说，这个人真是贪得无厌，写的字是像肥猪还不算，在古人的字画上打了那么多大豆腐印，真是该死。后来司马迁要写《史记》骂他，他才不敢那么胡作非为。大家听了拍手。

客人散了。我再走前去："阿伯，乾隆皇和司马迁好像不会在一起吧？"

他摸摸我的头："故事讲得好不好，和真不真是没有关系的。"

我点点头，似乎了解了他的意思。

割礼

小时住一马来乡村中，马来人生活淳朴、人生观乐天，吃住安定后，晚上抱着乐器，对月高歌，一片悠闲。

村里有个高大的小孩叫阿布哈森，带领几名同党，常来欺负我们这些较矮小的中国儿童。

一天，阿布哈森与同党忽然全部失踪了。

跟着村里大加装饰，妇女们都忙着做各色各样令人垂涎的马来菜。贵宾云集，欢乐气氛达到顶点，原来这是村中的父老为男孩举行的割礼庆典。

我跑到阿布哈森的家中一看。乖乖！摆着一个四英尺高的大水缸，阿布哈森被浸在水深至胸口的缸中，冷得一直发抖。他的父母微笑地说浸了他八小时，下体已经全部麻痹，可以举行大礼了。

说完满意地看看儿子，阿布哈森听了又吓得差一点晕死过去。

我好奇地等待着，见其他三个同党，也由邻处被抱过来。

哗然一片，巫师来了。后面簇拥着来祝贺和观礼的亲友，巫师庄严地念《古兰经》和焚香，并由怀中取出布包，一打开，是几支把青竹削至尖锐的刀。

阿布哈森与同党一看到竹尖，又杀猪般尖叫。他们的父母不管三七二十一把他们抱到巫师面前，巫师捡起阿布哈森的包皮，一拉拉长，大力一切。

跟着三刀搞妥其他三人，割礼完成。

外面烟花大着，煞是好看。

三天后，我们几个人在园地打“鹅里”（石弹子）。阿布哈森和几个同党走来。一看他们的“纱笼”，在肚脐处用皮带固定了两支筷子支撑着，不让布料摩擦到他们发肿的生殖器，像一个灯笼。

我们哈哈大笑，他们行动不便，只好低声下气地说：“我们也要玩。”

我望着他们，知道报仇的好机会已到来了，说：“好呀！”

等阿布哈森一蹲下来，我用力一抓他的小鸟。阿布哈森大叫逃掉。从此，他不敢再来惹我们了。

尿饼

这几天很冷。冷的经验，对于我来说是一件痛苦又愉快的事。

第一次由热带的南洋到温带去住，刚好遇到二十年来最冷的一次。我租了一间房，家徒四壁，只有先买一张垫子和毛被。入眠前先洗好脸，没有地方挂面巾，唯有铺在地上。墙壁是木造，半夜冷风萧瑟，蒙着头睡到天亮。翌日醒来，看到面巾冰冻僵硬，拿起来像一把大葵扇，不管天冷，向自己扇了几下。

见窗外一阵白雪，大喜，单衣出街，雪中玫瑰花盛开，有大黄也有大紫，才知它也耐寒，发现自己知道的东西太少。

一次在雪岳山，跨三八线到北朝鲜拍外景，导演直喊着要血浆拍杀人的戏，我看到血浆放在小溪的彼岸，忍不住冲过去，一踏入冰水才晓得冻是怎么一回事。又拼命踏水跑回来，将血浆交上后整个人躺下，原来脚已冻僵，零下二十度中，鞋子和脚都马上结了冰，赶快被抬到火堆前烤融，脱下鞋袜，数人轮流按摩，才恢复行动。

但已伤及，脚部生满冻疮，一生两三年，天一冷即发作，又痛又痒。

在另一处，雪积十几英尺，和导演一块儿去看外景，见山头有棵像圣诞树一样大小的松木，导演童心未泯，走上去以肥胖的身体坐在那棵小树上，将它折倒。

第二天太阳忽然极猛，雪皆融，我们从旅馆走出，看到远处的山头，丛林之间，一株最高的松树，唯有顶端是折断的。

下雪时的确如老人家所说，一点也不冷，雪融才刺骨，路上雪和泥浆混一，又黑又白。路顶凝成一层薄冰，滑得很，三番四次摔倒。

醉后在雪中昏睡，次日一定冻死，友人三番四次地警告。

但在大醉欲眠时，月光反映在白雪上，多么美的情景，不愿再烦恼活着。

给人恐吓过，在严寒天气下，撒尿要拿一根槌子。都是骗人的。再冷也不会有此现象。不过，有一次在结冰的大湖上小便，尿在冰上凝结成一片圆圆的尿饼，黄黄的透明，一嗅也不臭，拿起来大力一扔，滑翔飞去，煞是好看。

冰球

热天和冰，结不了缘。

印度人推着他的冰车，我们老远已经看到，把地上的石弹子拾起来放进短裤的袋子里，冲前去围绕着他。

这家伙不慌不忙，慢动作地由车后的冰箱拿出一长条沾满木屑的冰块。所谓冰箱，也不过是个包着铁皮的木盒子。

冰箱下挂了个水桶，印度人拿开口的炼乳罐掏了一罐水，把冰上的木屑冲个半干净，放在一旁待用。

车上主要的道具是一只大型木屐般的刨冰器，中间有条细长的缝，小贩把一片很利的刀挟上块铁皮，再用把弯曲的小槌，将刀和铁皮塞入缝中，叮叮当当地敲了一阵。大木屐中露出发亮的刀锋，他满意地微笑。

接着他抱了那块冰，摆在刨器上，再用一块钉满生锈小铁钉的木板，牢牢地钳在冰顶，便大力地将冰块推前拉后，拉后推前。每一次动作，纤细的白雪碎掉下，印度人用左手盛住。

等到有半个手掌那么多的冰，印度人以指头凿了一个小洞，放入一小茶匙的甜红豆后，又继续刨，落下的冰屑将红豆遮埋。

最后的步骤最考功夫，年轻的小贩将冰屑用双手又压又按，总做不完美，但是我们这个印度人轻易把雪团抛在空中，双手接过捏几下，便是个又大又结实的冰球。

糖浆有柠檬的绿和樱桃的红两种，我们喜欢后者。印度人一面转动冰球一面浇，整个冰球染成血红。炼奶罐用铁钉钻了两个小孔，滴上黄色的乳浆，大功告成。

这个冰球要一毛钱，并不是我常有的余裕。跟我出来看热闹的邻居小女孩吞吞口水，我知道她又热又渴。

伸手进裤袋摸了老半天，掏出个五分硬币扔给印度人，他又做了一个冰球，只是，这次没有红豆，也没有炼奶。用刀子一切，冰球中心还是白色，没有沾到糖浆。我们一人一半。冰球甜，人甜，心甜。

真假

我们一群小孩围着父母，蹲在地上吃榴莲，父亲把他游历过的地方告诉我们，并提起看过一个榴莲，有面盆那么大。我们都给他惹得大笑，说："哪有这种事？"

长大后四处走，在曼谷果然看到一颗大如面盆的榴莲，才知道家父讲的都是真的，我们见识的实在太少。但是在没有亲眼见到以前，还是以为父亲在讲笑话。

"偶而，谎言变成趣事，并没有不对的地方；有时，真实更是滑稽，总之大家开心就是。我说的是真是假，有一天你们看到了便知道。"父亲常说。

我的许多故事，也是这个原则。

单单说香蕉，就有数十种那么多。香蕉并不止于绿和黄色，深红浅紫的也有，在南洋一带能见到。

有一次在印尼的乡下，走了整个上午，没有吃早饭，肚子有点饿，往前一看，有一个土人蹲在地上，他面前摆着一条香蕉，有三英尺长。

用刀子把上面那层皮割出一半，露出白肉，他用汤匙挖起，送入口中。

我从来没有看过那么大的香蕉，马上照样买了一条来吃。

肉很香甜，不过“咯”的一声，咬到硬物，吐出来一看，是香蕉的种子，足足有胡椒粒一样大小。一面吃一面吐，吐到地上黑掉。

用它来做香蕉船雪糕，三四个人也吃不完。

走过南美洲的香蕉园，看到树上一串的黄熟大蕉，本来没有什么奇怪，但仔细观察，就知道不同，因为所有的香蕉是向上翘的，其他地方的却是往下垂。

印度的香蕉，只有大拇指一样大，是我吃过的最甜的一种。

剥皮时，不是由上往下撕，而是向外团团转着拉，像拆开雪糕筒的纸张，其皮极薄，似透明。

朋友听了又说：“哪有这种事？”

我笑着不答。反正是真是假，有一天你们看到了便知道。

说完拍拍屁股走了。

炮声

从小我喜欢听炮声，与打仗没有关系的炮声。

每到过年，总想到可以烧炮仗，也有烧炮仗气氛的地方去。

远远的传来一声，近邻又连续地响。

仔细听，每一声都不同。

忍不住要买。有人说大新年，所有的店铺都关了，哪里可以买到？他们不知道，这世界上只要有中国人和犹太人，什么天大的节日，生意照做。

买了一大把，在小巷中和顽童们一起放。

我爱手指头般大的红炮仗，它们并不散卖，都是一排排的，所以要一颗颗拆开。

因为炮仗是手制的，导火线的粗细每粒不同，又经过绑结后弯弯曲曲，一点着，什么时候爆炸预算不出，这最刺激。

手上抓了一把，正想放时，顽童们已偷偷地将香头点在导火线上，几个炮仗一起冒出烟来，我看吓得一跳，马上扔出，砰砰碰碰大爆，就在我眼前开花，耳朵震得嗡嗡作响。

顽童们阴险地望着我笑。想揍他一顿，又见他们的表情中一点罪恶感也没有。

顽童顺手抢了一些火箭炮，点着了摔到走过来的一群女孩子身上，她们即刻散开躲避，但火箭炮并不马上爆炸，喷射后转方向又迎面袭来，终于在她们耳旁开花，她们大哭大叫地跑开。

我又瞪了顽童们一眼，他们还是那么天真无邪。以前我也是顽童一个，但总比不上他。

继续一颗颗放，胆子越来越大，到最后干脆抓着炮屁股，让它在手上爆。有一粒威力比其他的大，炸得手指发麻。顽童大笑，点着一粒导火线细尖的炮竹丢出。咦！ 怎么不响？走近仔细观察。“砰”的一声，顽童双手遮耳，自己也尝到了欲聋的滋味。

问顽童，你为什么喜欢烧炮？

“我喜欢放炮，因为炮声像打仗呀！”他说。

我听了不响。

他很奇怪地望着我道：“那你是为什么喜欢放炮？”

“我喜欢放炮，因为炮声不像打仗。”我回答。

理发

当小孩子的时候最讨厌的是理发。故乡的理发铺多是印度人开的。他们一看到我走进来便拿一块木板架在椅上的把手，叫我坐在上面。先用粉扑蘸着大量难闻的粉往我的头涂一圈后，拿剪刀乱割，细发由包在颈项的白布缝中掉入，刺得痒痒地全身不舒服。更令人憎恨的是那把发钳子，不但不锋利，又懒于下油，咿咿哎哎由颈后铲上，夹住几根头发也不管，忽然一拉，连根拔起，痛得眼泪直流。

长大后在韩国旅行，在等迟到一小时的火车。见站边有一家小理发铺，无聊地走了进去。中年的理发师又拿出一块木板。他妈的，现在已是六尺之躯，还来这个玩意儿。想到这里，见他不把木板放在把手而是架于椅前的洗脸盆上。原来那块板是用来架腿，双脚往上一翘，真像个大老爷。

理发师笑盈盈地取出白布，小心地包着我的全身，开始修剪。绝不用发钳子，只动小剪刀仔细地修。活儿又快又准，剪得不长不短，第一流的手艺。

他的工作完成后，前来两个粗壮的小子。一个开始替我洗头，一个按摩腿部。小子用尽吃奶之力抓洗头皮，抓得痛死人，正要阻止他，又刚好抓到痒处，舒服无比，便由他直捣。那个按摩脚的也一样力大，全神贯注地拼命压。一面按摩，一面洗头，一遍又一遍，洗了四五次那么多。然后用雪白的干毛巾，左抹右搓，像在擦皮鞋。躺下，由一个中年妇人挖耳朵，她先用细长的小剑将耳壁的毛刨掉，再以小铲铲出积物，将之钳出，扫干，加消毒水。她并没有开盏小灯照，只是一直望着我的脸部表情。

她走后又来一个拿剃刀的妙龄女郎。我举首问在旁的理发师说为什么不是由他来刮胡子。他回答说年轻女人的手比较嫩。有什么比此更佳的理由呢?

用大剃刀先修一通，后换把小的一根一根地把须根挑得干干净净。热毛巾烫的程度刚好。她又以手指四处搜索，找到另一根须，又挑断之。最后按摩一番。全部过程有两小时，中间听到火车催赶的汽笛声。

何必去管？反正一定有下一班。

海南师傅

小时候理发，不是跑到印度师傅那里去修，就是去给海南人剪。

中国理发铺子的招牌真怪，左边开了一家叫“知者来”。生意一好，右边马上跟着另一家，叫“就头看”。

一推门，哎的一声，生了锈的弹簧好像在骂你。客人真多，坐在有臭虫的硬板凳上等，哪里有什么八卦周刊？报纸都没一张。

等、等、等，已经老半天了，风扇把剪细了的头发吹进鼻子，大声喷嚏，四五个剃头佬一齐转过头来睁大眼睛瞪着我，只好把头缩到脖子里去。

摇着脚，东张西望。见一支支的赤裸灯泡，原来是挖耳朵用的，理发匠用那几根毛已发黄的东西替客人掘宝藏。哇！岂不会把耳朵挖出脓来？

轮到我了，那家伙把一块木板放在椅子的两个把手上，我乖乖地爬了上去。先用一块像挂图一样的白布包着你，往颈项上一箍，差点没有把我弄到窒死。

再来是用大粉扑，噼噼啪啪地乱涂一顿，白粉纷飞，那个难嗅的味道，到现在还是忘不了。

跟着他拿了一支发钳，吱吱喳喳地在我的后脑剪一圈，声音就像用金属物在玻璃上刮那么难听，牙肉都酸掉。剪得来一个快，夹住你的发根也不管，往上一拔，痛得眼泪掉下来。

不知不觉中，小毛发自动地钻到你的身上，刺到浑身又痛又痒，刚要摆脱它们，那剃头佬又大力地把你的头一按，比电影中的大胖子、露胸毛的刽子手还要凶。

好歹等他剪完，照镜子一看。哇，和哥伦比亚的三傻短片的那个“模亚”一样，一个西瓜头。

走出店铺，看到街边坐了一个人，理发匠为他就地正法。

想想，唉，自己算是付得起钱进铺子的人，心里好过一点。

警察来抓人，无牌剃头师走鬼，客人的头只理了一半，呱呱大叫。理发匠边跑边说：“明天再来，不收你的钱！”

浆糊与补衣

小时的校服，洗濯后一定加浆糊，把它烫得像一张纸那么服服帖帖。有时还添点靛蓝，让变黄的布料，显得洁白。

穿袖子的时候啐啐刷刷地用力把手伸进去，臂部通了，剩余部分仍然是一张硬翼。

经过一天的奔跑喊叫，汗水把浆糊浸湿，发出霉味。

为什么衣服要下浆呢？我问。我一直不明白。我讨厌那又僵又硬的感觉，但是大人不管三七二十一，还是浆你的衣服。

下浆把衣服弄得又挺又直呀！那才好看。每一个小孩的衣服都上浆，为什么你不肯？大人反问。我不要好看，我不要好看，我要舒服。

我不知说了多少遍。

衣服破了，大人细心地补，浆后靛蓝更显眼地东一块西一块，感到羞耻。我不要补，我要新衣！这一点，大人明白了，但还是无可奈何地补。我是多后悔当初的无知！

现在，纺织业进步，衣料耐用很多。价钱便宜，要是跳楼货更是没有人买不起。重工业不发达的地方全靠纺织去打天下，令到先进国要以配额来限止。有些人不但只穿新衣，还要糟蹋。我有个亲戚是做家庭制衣工业的，召集了许多人力，辛辛苦苦地缝出一打打恤衫。价钱低贱，专门出口到沙特阿拉伯国家，让他们即穿即扔，连洗都不洗，真是罪过。

街上再也看不到穿补过衣服的人。不管多穷，大家都有能力买新衣。缝补的技术，已渐渐地遭受遗忘。

人类对服装的流行，幻想力有限，通常几十年便复古一次。至今受欢迎的丝绸，已经无人问津，目前麻质衣料大行其道。在欧洲，几乎人人都有一件。麻类易皱，而且要下浆才挺，衣服又开始用浆加靛了。

有一天，补过的衣服也一定会变成最时尚的装束，但是已经很少人会补。在分秒必争，机器代替人类的社会，手工将是最昂贵的。时装公司会训练一批人来补衣，不同的是，已非慈母针线。我又要叫喊，我不穿。

玩具

东京的一家玩具百货公司中，一共有八层，世界中的玩具，应有尽有，小孩子们走进去一定走不出来，大人也一样。

五合体、十合体到五十合体的凶猛机械人、坦克车、航空母舰的模型，各种刀、剑、手枪、机关枪和大炮、盔甲和战袍，甚至有防弹衣，差不多没有一样和打打杀杀无关。

我们当小孩的时候，玩具也是打打杀杀，但是大多数是自己动手去做。

印象最深的是叫"饿利"的石弹子，外国小孩以单手弹，我们是用双手。左手抓着鹌鹑蛋大小的圆弹，伸出右手的中指勾着石弹，瞄准对方的弹子，大力弹出，将之击开。或者，在泥地上挖个小洞，看谁能在六七英尺距离外将弹子滚入洞里。坏弹子常被打破，好的光光滑滑，石质极佳。一人总有一两个心爱的，装在裤子的口袋里，走起路来嗙嗙咯咯相碰，永不离身。

母亲缝衣机上的木线轴是很普通的玩具原料。将木心两端的圆轮以小刀切成齿形，左边用半支火柴棒顶着，绑以一树胶圈；右边将由洞里伸过来的胶圈捆在一支筷子上，再转动筷子，到了弹性饱满时放在地上，手一松，那木轴便自动冲上前去，这就是我们最现代化的坦克车。

被遗弃在垃圾堆的木箱子，用处更广。拆出木板，以小刀将它削成手枪形。两条树胶圈绑在枪头，另两条拉在后面备用，再于枪后做一扣针（原料也是小木块和树胶圈）。最后爬上树采几十个未熟的印度樱桃子当子弹。将弹弓拉好，手指一按，青硬的种子飞出，可以将女孩子打跑。

遇见邻座的小孩呆住，我便会将吃完的荔枝核子用小刀切成上下两边，再以牙签插入下半的核中，用双指一搓，核子拼命地转，小孩大为高兴，抢着去玩，玩后自己模仿做一个。

目前的教育制度已经把小孩们压迫得脸部发青，小四眼佬一个个出现。今后一定更变本加厉。市上玩具虽多，总有一天小孩子们已经没有余闲。到那时，玩具厂倒闭，我将写一本图书，教他们做自己的玩具。

最大的玩具

小时候没有什么八合一的铁甲人、电子游戏机、遥控飞机或者ET脚踏车，我最大的一个玩具，是家里前面的一条河。

放学后，渡过小桥，把书包抛在岸边，就涉入我的玩具中。当然不用卷起裤脚，校服只是一条短裤，总算已经不是开裆的。

玩具并不干净，河床有黑色的污泥，踏入后觉得软绵绵，黑泥混入清水，团团地飘起，大人看得心中发毛。

每踏一脚，必先轻轻地顺势踩去，底下有许多玻璃碎片，是大人喝完汽水，扔在石头上砸碎的。如果看到一条大鱼经过，一时忘记，兴奋起来往前追，必被割破一长道子。奇怪的是，为什么只痛两三天伤口就收缩，还没有痊愈便够胆又跳到水中去。

污泥发出的臭味，我已经习惯，一点不觉讨厌。水中的小鱼不怕，我怕什么？

里面有数不清的小鱼，最大的母鱼也不过一英寸长，她们只有黑白两色。白的是那大肚子，永远怀着孕，不停地生产。从来不知这种鱼叫什么，我自称它们为生仔鱼，结果邻近的小孩也跟着这么叫了。雄的很美，仔细一看，黑中带有七彩的斑点，鲜艳无比，只可惜不会打架，把两条公鱼放在一起，逗了它们老半天，还是和平共处，拿他们没法子。

本来这条河属于我独有，但偶而也有大人来侵犯，他们拿了精巧的渔网，向凹进去的地方围捕生仔鱼，一抓便几十桶，拿回去喂鸭。一下子，河中已看不到漪澜。好几天的寂寞后，生仔小鱼一大群一大群地出现了。

心中又快活起来，生仔鱼只能由我用手去捉，大人用的精巧器具围捕，是一件不可饶恕的事。

夕阳倒映到河中，它也转黄，只有我长长的影子是黑色。用小石做成一个个的水坝，生仔鱼游进来，变成自然的金鱼缸。听到姐姐大声叫吃饭，才依依不舍地回去。

晚上，有一对对的男女大人在河边交头接耳。平时他们都嫌臭，现在不怕了吗？不明白他们的心理，觉得有点好笑。

一瞬

生活忙碌，忆儿时的事，愈来愈少，几乎成为奢侈。现在又有一瞬闪过，赶快将它记录。

日本鬼子投降了。爸妈的朋友，将借款双手奉还的是一大箱失效的军用票。记得很清楚，上面有棵香蕉树，挂着一串成熟的果实。

扔了给我们，先是抓了一把撒上天，飞布周围。簇新的钞票，大大小小。先将第一张摆横，第二张放直后叠起，重复了又重复，变成一条风琴式的长龙。拿来当绳子跳，一下子就断掉。不好玩，干脆拿火柴来烧。

火柴只有手指一节那么长，根是用白纸卷的，上面涂了一层蜡。火柴头虽细小，但擦在石头上也会着。真神奇，拿到白墙上去乱刮，也能点火，只是墙上一道道的剩余火药，爸妈回家一定骂我。这根火柴到底能烧多久，看桌上的闹钟，上面有两个大铜铃，没有秒针。烧到指头发肿。再点一根，即刻吹熄，把柴根打开成一张纸。

这一百根小火柴是装在一个防水的小铁盒中。倒掉火柴，到芭蕉叶丛中抓会打架的小蜘蛛养在里面，一天吐几次口水给它喝，另外赶着把藤椅往地上乱摔，掉出几只臭虫来，拿去给蜘蛛当早餐。

火柴来源是在一个空军的军备配给盒中检出来，其他东西有一块巧克力，没加乳的，苦得要死。一小罐的炼奶、牛的碎肉、绿豆和果子酱。又有六支香烟，奉送父母。一片片的薄面包，浸在水中，泡得像皮球那么大，原来是咬一口吞一口水，马上涨饱肚子的求生玩意儿。

妈妈又买了一个降落伞回来。它的绳子是尼龙线编成，又白又亮，怎么拉也拉不断，是穿裤头带的好东西。将它一条条地连接绑起来，成一条后用来拔河。不然就当跳绳，圈里能挤三个小孩同脚步地跳上跳下。降落伞的伞部可以一块块按照缝接口剪开，阔大无比，拿来做衣服不是材料，不如钉起来当蚊帐用，但又不透风，差点没把自己闷死在里面。

挣扎，醒来，被被单罩住脸，是忆儿时，还是梦儿时？

男高音志愿

小学时代常到同学苏进文家里去，他是印尼华侨，父亲做加文烟生意，在后巷三条石买了一座两层楼的大房子，庞大的花园，种满果树。到星期六下午，在他们客厅中听音乐，他哥哥最喜欢进行曲，拥有许多七十八转的唱片，大喇叭播出慷慨激昂的锣鼓声，他就当自己是指挥，手上拿着幻想的棒子挥动着，看到一排排的军队经过。

在他的影响下，我也购入很多进行曲唱片，凡是第舒沙（Christopher Edward de Souza）的作品都齐全，其他有名的曲子我也很熟悉。

慢慢地，我发觉这些进行曲多数拿来做军事用途，鼓励士兵侵略外国，便越来越对它们感到厌倦。

接着，对男高音开始发生兴趣，最爱听的是吉利（GIGLI），他唱的《圣母玛丽亚》、《我的太阳》、《只为你歌唱》等等，百听不厌，跟着唱片一声声地唱下去，虽是意大利语，一句也听不懂。

当时立志要成为一个伟大的演唱家，对马里奥·兰沙的出现感到极其兴奋，每部他主演的米高梅歌唱片，一定看个十几场。兰沙的歌词是以英语唱出，比较容易上口。

兰沙唱的《因为你是我的》、《小夜曲》、《这是今年最可爱的晚上》，以及他为《学生王子》背后主唱的所有歌曲，我都能一一背出，如《海德堡的夏天》、啤酒颂的《喝、喝、喝》等等。

追索下去，我也渐渐懂得欣赏歌剧，如《阿依达》、《蝴蝶夫人》、《卡门》、《塞维利亚的理发师》、以至新歌剧如《波奇和贝丝》、《奥克荷马》、《南太平洋》等。

可惜的是，我少年时长得很瘦，唱男高音非是大胖子不可，我嘶破了喉咙也没有办法当成，只好放弃。

后来虽也喜欢皮士礼和披头士，但已失去童真。想想，我对音乐没有什么缘分，学过弹钢琴和吹笛子，都半途作废。

目前我会玩的乐器，只是收音机。

年轻的时候

学的是电影，从头做起，第一天跟戏，心情兴奋得不得了。当时我一点名分也没有，是个跑腿，是个打杂，总之什么都做。

拍的是一部恐怖片，导演要求一个骷髅骨。啊，这是皇帝的命令，一定要做好。

负责道具的一个中年人，发泡胶尚未发明，这家伙就用石膏捏了一个骷髅交货。样子像漫画中的造型，牙齿粗粗的，眼窟又太小，滑稽得很，导演一看大喝："我又不是拍喜剧，你开什么玩笑？"

道具叫了他的助手和我到图书馆找资料，翻开一本医学书，回到片厂照尺寸放大，又请一位学雕塑的同学来帮助，花一天一夜赶了一个十足十像样的。

导演总算收货，拍了几个远景之后："我要一个大特写，这东西怎么看都不逼真。"

马上又去各医院借，但是我们的小制作没有名堂，给轰了出来。

终于漏夜开车到乡下，找到野葬场，见山崩后突出来的泥缸，敲破后偷了头颅，赶回现场，还有两小时才开工。慢慢地把它洗个干净，再上蜡后像擦皮鞋一样磨光。交给导演，他满意，我开心，那是我年轻的时候。

旧酒痕

偶然，找到一张中学时代的照片，上面沾了些酒渍，思潮回到那广大的校园。

印象最深，也最讨厌的是一个数学老师，她像一个电影里常出现，戴了一千度眼镜的典型老处女。她似乎很享受折磨我们，讲课枯涩，根本引不起学生的兴趣。正在乏味时，她忽然突击发问问题，一答不出就留堂、罚拉自己耳朵、鞭打手掌等等。

我们只好做出反击。

等她一上课，我们便口中念念有词，她刚要责问我们时，忽然一抱肚子。她不知我们做了手脚，用大蒜和洋葱大力地抹在她的座位上，其气入肚，令她屁放个不停，而且响声极大，有时又连环来几个，有时长长一声，我们捧腹倒地，她红着脸走了。

之后，我们一个个被拷打迫供，但绝不招供谁是主使，没有一个是叛徒。

第二天，又看到我们在暗念符咒。老处女又忽然脸都青了，跑到厕所去拉完一次又一次。因为我们拍了几只苍蝇，把它们的尸体搅研后混入她的午餐汤面中。大家被拉入校长室记大过。

我们静静地瞪眼看她，她已开始相信我们会下降头。后来，她下了最阴险的一个毒招。把一个穷同学的分数减至五十九分，令他留级。

大战爆发了。我们在生物实验中解剖了同样的两条狗，一只制成标本藏好，将另一只的肚子挖空，洗干净后到餐厅去买了一大堆猪肠粉，几碟上海炒粗面，再加两瓶番茄汁搅个糊涂，放入一塑胶袋装入狗肚。叫班上几个小鬼在她门外念咒把她引到现场。一进门看到一群小魔鬼在大力撕开狗肺，挖出它的肠来吃刺身。她的眼珠差一点跌了出来，大声大叫，直奔出去把校长拉出来。但校长眼中的我们，什么异样也没有，我在为另一只标本狗梳毛。校长用看疯子的眼光瞪了她一眼。她直叫真的有降头。等校长一走，我们将它扔了出去，她一抱，又是一只血淋淋的狗尸。哇的一声大叫，老处女晕死过去。

碰

偶而有余闲，回故乡三两天。与老同学清早吃肉骨茶话旧，沉湎在过去，又不约而同地建议到老校园去逛逛。

以前的木门，已经被大铁闸代替，但并不庄严，反有牢禁味。守门的大汉目露凶光，我向同学说要是他不让我们进去，便以拳击其脑，同学顽皮地点头。总算那家伙好采，问了一句便不作响。走入，见左边已新建了一座巍然的礼堂，和它比较，从前认为巨大的教堂都缩小。其他的建筑变动不大。

旧校的特色是校园中有一大湖，湖中浮上一个小岛。运动会的四百米，便是围绕着她跑一圈。湖是所有学生的恋人，依偎着她做功课、聊天、下棋，谈情说爱。有时也乘老师不注意，偷抓湖中的鲫鱼。

同学讲了一些已在我脑海中消失的往事：一天，大家在湖边的操场，拿一个篮球当足球踢，你大力一脚，将球蹴到湖边。你去追拾，哪知球滚入了湖，你穿着全身校服涉水跟踪。球越漂越远，你一步一步地陷深入，后来发觉全身已湿，便干脆学爱丝德·威廉斯（电影《出水芙蓉》的女主角）的姿势游泳，其他的同学在湖旁拍手助兴。掌声忽然停下，你游得兴起，头也不回地背泳。游到湖边，才知道校长已经站在那里等你爬上来。校长正要罚你，你向我们做了一个眼色，我们便从后面把校长也推入湖中，跟着大家跳入，游一个痛快。

谈到校长，我也记起他这个人最喜欢打麻将。一日，我们的级任老师请假，同学们正闹得不可开交时，校长走进来代课点名。当天他大概打了通宵麻将，把要问谁是班长的问题问成："是谁坐庄？"

我们大笑，他老羞成怒，瞪着我们一个个点名，喊到我的名字时，我站了起来，大叫一声"碰！"

其他的同学都笑得落地。

现在望着这没落的校园，学生由四千减至一千。所见到的学生，脸上已没有我们当年的欢笑，校长要是还在，我想他也许还会选择我们。

我抓住其中一个板着脸的，问道："湖水那么清凉，为什么不跳下去游泳？"

片段的回忆

小时候有个奶妈，其实我并没有吃过她的奶，哥哥和姐姐是她养大，对我们视如己出，我们也当她是家中一分子。

奶妈性刚烈，年轻时嫁过门后，发现丈夫抽鸦片，怎么劝也不听，但自己已怀了孕，孩子一生下，她用炭灰塞住婴儿的口，将她闷死，独自跑到省城找工作，刚好我母亲年头年尾生我哥姐，便请她当奶娘。我家逃难到南洋，她愿意以低薪跟着，我父亲便把她一起带来了。记得她有一头不剪的长发，普通老一辈人留长发不多洗，但她爱干净，常以茶渣饼洗发。有时在脸上涂了一层粉，用白线交叉修去汗毛。

她不相信面包或粥可以饱肚，我七点半上课，她总是五点多钟起床，到厨房去炒饭，一定要我吃一大碗才让我出门。

她炒的饭，是先将鼎烧红，把饭炒得一粒粒都能跳起时，才打蛋下去，蛋将饭粒包起，每颗都是黄金，又香又甜。

我们同一个房间多年，渐渐成长，十二岁时便学抽烟，常把床底当成一个秘密的地方，将烟灰碟藏在里面。

第二天扔火柴时，总是看到烟灰碟洗得亮晶晶。

南洋小孩早熟，半夜第一次梦遗，怕她看到，便自己偷偷地拿去洗。

后来连续数次，一晚很贪睡，脱了底裤往床底一丢，又转头睡去，隔日穿了一条新的便去上课，放学回家想起不对，即刻低头到床底去找。

好在还没有被发觉，马上掏了出来，一看，乖乖，地图上有许多蚂蚁在吸啜，他妈的，我的子子孙孙你也好拿来当饭吃，气冲冲地一只一只杀死。

忽然觉得后面有人，转头，奶妈在笑我。

我脸一红，真想把自己丢到床底下去。

离开她到外国念书，回来时她已去世。

匆匆又要上路谋生，没有去扫墓，回忆小时不生性，常用语言激她，但她总没有生气。现在梦醒时，还常觉枕头已湿。

马戏团

陈满寿马戏团，对南洋一带的小孩子看来，是梦幻成真。它到各地巡回表演，都是件盛事，但南洋码头少，跑了数遍之后大家看腻，生意就不如常了。

陈班主决定拉队到韩国汉城去表演，这次远征，他充满着收个满钵的希望，再下重注买多几只狮子和斑马，重振威风。

到了汉城，把大帐幕搭好，团员乘着卡车在城内打一个转，落足宣传，今晚将是首演。

下午，天气突变，刮了一阵台风，整个帐幕被吹个稀烂，变成一条条的长布，迎风飘荡。

这是命，陈班主认了，叫人日夜赶工，又缝好了一个，重新再来。当晚，观众零落，陈班主非常担心。不过，客人陆续杀到，到了开场前五分钟，已挤满人，外面还有人在炒黄牛票，陈班主笃定了。

表演完毕，观众热烈拍掌。陈班主大喜之余，一看，呆住了，原来客人回家时把椅子都带走，职员们要阻止，人数众多，也是无奈。

朝鲜战争后的人民，贫苦不堪，陈班主大概没有看到报纸上有一段消息：一辆坦克车停在贫民窟中，竟在一个晚上被群众拆烂锯开，拿去当废铁出售，第二天无影无踪。

以后的表演都用铁链锁着椅子，又要派警察把守，皮费增加，观众无利可图，也渐少了。陈班主的希望幻灭，这次的生意，可说是全军覆没。

陈班主想到一个赚钱的妙计，是变卖了资产，购入大量高丽人参，装在唯一一只老虎的铁笼底的暗格中，走私到南洋出售，必能捞到一笔巨大的款项。

返乡那天，团员们上了船，老虎笼由起重机由码头吊到船舱中途，忽然，吊钩断了，铁笼直跌入海，扑通一声，值钱的老虎也溺毙。海关人员说要派蛙人入海把铁笼捞起，陈班主连忙摇手，说只要拿回死老虎算数。虎皮浸入海水，干了即脱毛，卖不了几个钱，老虎肉给韩国人拿去当刺身，陈班主带了团员，眼泪汪汪地离开汉城。从此，江湖上就再听不到陈满寿马戏团这个名字了。

朋友当礼物

和我各地的好友有一个默契，互赠谈得来、个性相投的朋友当礼物。

由西班牙送来一个素未谋面的邮包，友人说，他是一个教授，在大学里讲道德学。

到酒店去，在大堂遇一耶稣型嬉皮士和一个吉卜赛少女，他说我便是教授。

年纪和我同大，却这样子比我老。

教授说当人们开始发现自己的肉体慢慢衰老，而精神尚年轻时，就会憎恶人生，变得愤世嫉俗，谈论怪诞，自己就是一个例子，觉得人生下后，他的身体便一部分一部分地向死亡进行。

在一家叫顺德公的店里，我们一面吃蒸鹅，一面饮酒，天南地北地涉及许多话题，他对人生有独特的见解，谈话时的手势和表情，像是电影中的拉丁人，他的美丽的女友很欣赏地看着他。

他批评天主教不能离婚的制度，令他一直受妻子的折磨，不能与他这后来爱上的吉卜赛女郎结婚。

他的妻子也同情形地痛苦。

饭后到他们的房间，女友卷了一支粗大的大麻给他，他自称天天吸，已有十三年，从未间断。我说长期吸之，虽无医学资料证明有害，但必有不良的效果。他回答说：你看看我，照样也可以去大学教书呀！

不过，他承认长期的吸食会令人有懒惰和记忆力衰退的倾向。

短期或偶而的吸取，则会使到人对自己的存在做一思考，多数人会对自己发生憎恶，因为平时总把这些思想埋藏起来。

五六十年代，年轻人以为抽大麻可以由制度化的社会挣扎出来，但借重大麻的途径是失败了。要克服受制度的控制，唯有靠自己的意志。

他在追寻的过程中也抽了大麻，吸食时不断地问自己的存在价值，他相信大麻能在他的脑里打开一小窗，认识另一个哲理，在没有证实无此可能性之前，他会不断抽之。

教授在家种植大麻被捕，经法庭裁判是他用来帮助思考，结果无罪释放。

纽约的友人送一神秘礼物，只说此人姓张，住某酒店几号房。开门，吓得一跳，是个满头白发，穿黑袍子的神父。

和他到北方馆子，恭敬地问他要不要一杯橘子水，张神父摇摇头，说：还是来一瓶威士忌吧！

在那店里的酒架子上有一瓶芝华士（Chivas）的十二年威士忌，即叫侍者拿来。张神父一看大乐：我在纽约，喝到黑牌子的尊尼华克（Johnny Walker）已经算很好的了。

嘟嘟嘟，他连干几杯，才有心吃菜。问他今年多少岁？七十八了，他答道。

关于天主教的事，张神父皆以人性和哲学来解释，和他比较，其他的无知传教士皆是猪。

张神父越饮越开心，话更幽默。问他大陆的“文革”之间，不让天主教播道，上帝岂非无眼？

他说：“中国人较其他民族和平，‘文革’不过是渺小的插曲，上帝有大把时间等，先收服其他国家的野蛮信徒，中国人慢一点信教有什么要紧？”

堕胎呢？天主教反对，你个人的看法如何？

“上帝给人们智慧去决定自己的人生，如果他们要去杀害一个无辜的性命，谁也阻止不了的。”

不过，他说：“我个人的看法是吃避孕药绝对没有错，因为生命还未形成。三个月后才去断绝，是残忍了一点。”

离婚呢？唉，他叹了一口气，天主教总要创造些问题。

以前是对的，但现在行不通，要改又太没有面子，也不是个人能做到，有了问题人们就会来求解答，不然要我们这些神父干什么？

呱呱呱，又连干几杯，我看他量好，自己少喝，但一瓶已干，那酒家只有那一瓶，张神父说，红牌尊尼华克也行。

我说目前的人多去找心理学家，向他们倾诉烦恼，所以上教堂的人越来越少。

“我是完全同意你的说法。”

张神父说：“这群缩小人家头脑的家伙把我们的拿手好戏偷了过去，生意都给他们抢光了，他妈的。”

第一次

很多很多年前，因为要到温带的国外去住一个长时期，在香港买了许多御寒的用具，坐飞机一定超重得厉害，便乘邮船到异乡。

当时游航在东南亚有两艘名邮船“越南号”和“柬埔寨号”，都是法国人开的。记得船票并不贵，包吃包住，物有所值。

送船的情调还比送飞机浓厚，船上奏出“惜别之歌”，又给了一大堆长条纸彩带抛下去，一人一头拉着远远的，直到夕阳中见不到女友的影子为止。

转头一看，是一个法国小妞，并不高头大马，还有三分姿色，原来她是负责整理我的船舱的女侍者。

叮叮当当的琴声，在请我们到餐厅去吃晚饭。法国菜色是西方的中国餐，极花时间去做，味道也复杂，吃完一道又一道，最后还来各式各样的芝士。

当晚大醉，一觉睡到第二天中午。法国小妞来收拾房间，我跃起，她看到我年青的身体，用不纯正的英语问我是不是第一次，我从来没有乘过邮船，也没有被外国人服侍过，点点头。她换好床单笑着走出去。我觉得这个人顶亲切，不过大概有点白痴，所以才当侍女去了。

在那几天中，她常来找我聊天，无缘无故地送些小东西，如当时刚发明的用光即扔的喷气打火机，叫“蟋蟀”。

我也在那时候向她学会饮红酒。她也有耐性，拿出许多种叫我试完告诉她有何分别，我的确是个有天资的学生，每晚喝完都呼呼大睡。入眠前好像听到有人在叹息。

时间很快地过去，隔天我们便要抵达目的地上岸。那晚，她停止了上饮酒的课，要换个题目研究芥末酱的种类。我们一面试一面聊天，她断断续续地告诉了我关于她的身世，说很喜欢旅行，所以选中了这个职业，她越坐越近，后来，索性地靠过来大喊：“第一次！第一次！”

我才明白她的来意，见你妈的大头鬼，我才不是！年轻气盛，一脚把她从床上踢下。

现在想起有点后悔。

将你的头放在我的肩膀上

念中学时，有位整天和我一块儿逃学去看电影的死党，他的故乡是马来西亚的一个小镇。家里亲戚在城市里有栋楼，由他一人看管，我们到了周末便在那里开派对，大跳摇与滚。

女伴有些是同学，是由他的友人介绍或在街边认识的。其中有个长得成熟的长发女郎，对我同学情有独钟，高中不毕业，马上结婚。

婚礼那一天，我做伴郎兼司机，由城市驾车四小时，到达同学住的小镇。不得了，有一辆载着乐队的货车前来相迎，我们的车子跟在后面，在小镇打了三个转，向亲戚朋友报喜事，一路还奏着“桂河桥进行曲”。

喜酒摆在该镇唯一的小学礼堂里，镇上的父老差不多每一个都到齐，由校长先致词，好不容易才等到这个机会，一讲一小时。我们在热带天气下都昏昏入睡。当晚大醉，第二天就离开他们。一别十年，我终于有机会重返这个小镇。同学开个小油站，我去找他，两人相抱，他告诉我他结婚后他的妻子在当地开了间美容院，生意不错，到底是大都市学回来的手艺，但是悲剧发生，她患了小儿麻痹症，下半身瘫痪了。我一听整个人呆住。

赶紧叫他带我去见她。他们住在古老的唐楼，光线暗淡，我一走进门就看见她坐在椅上。她头发蓬松，面孔憔悴，伸出两只手给我紧紧拉住，我们三人相望后大哭一场。

安静下来，大家话旧，讲到从前那栋屋子，谈到她如何介绍舞伴给我。我们甚至记得各人凑十块钱，买罐头咸肉，切面包做三文治宴客。又购入一瓶毡酒倒在大盆子中，掺啫喱水、橘子汁，把苹果和青胡瓜切片，飘在盆上，然后大搅一番，加上冰块，一杯杯地喝个飘飘然起舞，跳完热门音乐，转进优悠者，关起灯来相拥。

你记得你起初害臊，只管唱片，后来我拉你才肯跳舞吗？你记得你一直当我是朋友，虽然我们三人裸身相搂，睡在蚊帐里，但是你也是那么纯洁吗？你记得我们常唱保罗·安卡的“把你的头放在我肩膀上”吗？我呜咽回答不出，点点头。

马来西亚的小乡村，月亮将椰子树叶的顶端铺上水晶。天上那么多星斗，整个大气层被污染的城市人一重见到，心里是那么喜悦，但是这种心情又被同学妻子的病症压抑下来。

村里没有马路，我们下车步行，同学背着她，三人往前走。

她吃尽了中西名药，也治不好，有一次听到这个马来村里有个巫师，专医奇难杂症，我说什么方法都要试，一定要把她的小儿麻痹症医好为止。

走进一间浮脚的亚答叶子做顶的小屋中，见已坐满了当地土人，只有我们是中国人。病人呈上各种礼物，有布疋、银器、肉干和鸡蛋等，巫师一一照收。

我们跟着其他人围绕着巫师席地而坐，整个气氛严肃，没有人敢讲话，只听到巫师念咒的声音。

巫师的助手点着了“加文香”，传来阵阵强烈味道。屋子被薄烟笼罩着，更充满了神秘的气氛。

经过了大约一小时后，巫师开始施展他的法力，他手一散，烟炉上的火焰突然高起来，大家眼睛睁得大大地被吸引住。他跟着用手在草席上一摸，一颗红蓝颜色的小透明石头出现在他的掌中，座中有人惊叹。

病人纷纷地拥近他，他抱着一个小孩的头，奇怪的是他的头痛即刻治好，抱着他妈妈欢笑。我看到同学的妻子的双眼闪耀着希望，跟着其他人也都受巫师的医疗。轮到我们，把病情告诉了巫师，他即刻从礼物中拿出一个鸡蛋，在她的小腿上搓，口中念念有词，接着将蛋打在一个碗里，见几只红色的小虫在浮游挣扎。巫师说已将毒物取出，再来数次便能痊愈，友人和妻子感动地向他膜拜。

我心里知道那个小孩子是巫师的同党，那些小虫是压缩的红纸，和中国以前走江湖的抓牙虫那玩意儿是一样的，其他把戏我拍电影也用过，但我怎忍心告诉他们这个真相？

他们情绪极好，一路上她偎依着他，他唱道：把你的头放在我的肩膀上。

我再也没有见到他们，在这里默默祝福。

随寓而安

家中挂了一幅丰子恺先生的画，是个圆满面孔的人，身穿长袍，微笑着靠坐在一块大石上，题为《随寓而安》，另写道“流离中检此画赠……”送给的人，名字被可怜又愚蠢的画商擦掉，令到这幅画不完整，实在可惜。

到底画的赠给者是什么人？我很渴望知道。要是他在世，我想把画送回给他。丰先生在《艺术的逃离》中曾提起过在河池驻脚时，寄居一旅馆，老板是读书人，看丰先生已无去处，请他一起到山中去避难。

丰先生无以为报，替旅店主人的父亲写了一副对联，但那庆寿的闪金纸不吸水，只好拿去外面晒干。接着有一汽油站站长来拜访，因为他看到这副对联才知道丰先生在此，后来丰先生能逃出该地，完全是这位姓赵的人帮忙。赵君要求的，也只是一些丰先生的画，这幅《随寓而安》是不是其中之一呢？

丰先生认为晒对联、遇油站站长都是一个“缘”字。今天他老人家这幅画在我家中，的确也是“缘”。

鱼肝油

这一生我认为最恐怖的，是鱼肝油。

据说确很有益，但我想起就害怕。

巨大的玻璃瓶一打开，正如割开死去三天的鱼肚，一阵阵引你反胃的味道传来。接着大人们便捏着你的双颊，迫开咬紧的牙齿，一大口灌入。

它的颜色有极不悦目的乳白，油腻腻地又腥又臭，味道又甜又苦。书至此，我已经开始想作呕。亏得他们想出来用鱼肝来做出这种所谓的补药。到大陆百货店，架子上还陈设着同样包装的仿制品，实在惊人。

大人每一样东西都节省，可就是对鱼肝油来得极大方。满满的一大汤匙，还要满溢出来才过瘾。看小孩们大口吞下后，做出一个满意的表情。想到这里，唉，鱼肝油虽然难吃，但总珍惜那份爱心。

午夜飞行

比起瓶中的香水，还是它的名字较为迷人。

“午夜飞行”这个不朽的名牌，据说是刚发明飞机时，晚上的航行非常危险和艰辛，一个飞机师，赌自己的生命，也要将一瓶香水送给恋人，因此命名。

同一间娇兰厂出品的是 Mitsouko（蝴蝶夫人），法国人将 TSU 的发音永远加多一个 O 的字母。“蝴蝶夫人”是由娇兰公司的第一位老板取的，反映了当时法国人对东方的迷恋。这家公司由一八二八年创业，一枝独秀地维持至今。

让·巴杜一向对香料很有研究，他四十七岁就去世，自己调的香水“喜悦”让他与世永存。

“香奈儿五号”给玛丽莲·梦露的一句名言更发扬光大，创造者的故事也充满传奇性，这美女因为第二次大战时爱上一个英俊的德国军官而失足，后来又复起。

伊夫·圣·洛朗的“鸦片”，名字亦是一绝。这么多美名，什么是最香呢？当然是搽在你眼中西施的那一种。

手帕冢

再也没有人用手帕了，要是你看到一位由口袋中将它拿出来的朋友，这个人一定是非常天真和固执的。

市面上的纸巾，有各种颜色、花纹和香味，价钱便宜，用完弃之，又合卫生，它来取代手帕，是理所当然的事。

但是，手帕是一件多么富有感情的随身物。小时候在每个角上打四个结，下雨了戴在头顶。虽然，并不能防止浸入的水滴。

长大了，慢慢学会选择，当时的“金字塔”牌，算是一个奢侈品。由深蓝至浅蓝的，是那么地大方。没有能力将整身的服装配成同个色调，至少，也有一条手帕呀。

怀念的是，受赠品的角上，绣着英文的字母。

怀念的是，第一次接触的异性，故意遗下的香泽。

怀念的是，回家怕父母讥笑，舍不得也要揩下的初吻。

多余地做个冢，将手帕埋了吧。

百露护发乳

最先，是有檀香味道的黄色发膏；后来，又有绿色的“益利”，这些产品，都是殖民地下生长的人民用过的。

但是，冲凉时用一大块肥皂拼命擦，也难于磨掉；金苍蝇在头上嗡嗡作响，旋转徘徊后停下，再也不能起飞，亦是一种烦恼。

终于，最新发明的百露护发乳出现了。它的味道一点也不好闻，装在一个玻璃瓶子里。瓶面有几个凹进去的地方，以防沾满油腻的手抓不牢。

瓶口有个黑铁盖，纽纹之间置切断处，大力一拧，理论上会轻易地把盖子打开，但被割破手指，是常有的事。

涂上后，又湿又光亮，洗起来也比发膏更易化解。这是完美的男性化妆品。哥哥的头发分界处，留下一条白线，是百露护发膏的堆积。哈哈大笑后，别人也指我的后脑，做同样的表情。

在什么东西都拿来复古的今天，百露护发膏，必有重见天日的一天。

钢笔

第一支钢笔的笔身，由许多细小的圆圈组织而成。一圈蓝一圈黑，外面包着层水晶体的物质，到现在都不知如何构造。笔杆中镶一小铁棒，以食指指甲往下扣吸墨。

更进步的一型是在笔尾有个暗套，打开后露出圆头的白塑胶棒，用拇指按几下，好像看到它喂满了一肚子蓝黑墨汁。

后来发展到转动尾部，笔头处便伸出一支小金属吸管，不会沾污笔嘴。

同学之间，各自炫耀拥有的钢笔，比较笔嘴上那颗白金的大小。有一个拿了他的笔大力飞出，铮的一声插在书桌的桌面上，笔身微震，嗡嗡作响。接着他即刻将笔拔了出来潇洒地书写，害我们羡慕不已。

现在大家已不用钢笔了，人人手上有支用完即扔的原子笔、签字笔或滚珠笔；或者他们会高价地买支名牌，来象征自己的身份。不管怎样，第一次由铅笔转用到钢笔的那阵喜悦，已不能重温。

打火机

当两块钱、用完即扔的产品流行之前，拥有一个打火机，有佩着一把剑的感觉。

看见大人们把打火机擦了又擦，握在手上，试着它的重感，仔细地注入电油，换上火石，“咯嗦”一声着了火，发出满足的微笑。

不知不觉之中，打火机改用了气体，消失它的罗曼蒂克的色彩。但在贫贱时，它代替了火柴；贵重时，它变成显耀财富的珠宝。

我还是喜欢点电油的打火机，虽然有股浓厚的臭味，又时常要注意电油干掉，但是它们好像有生命，好像需要不断的关怀。

至今买的打火机着实不少：朗臣、登喜路、都彭，还有第一次发明的喷汽机以及第一个用完即扔的“蟋蟀”。全部不见，没有一个能长久地留着。为什么不发明一个微小型的，镶在牙缝中，上下齿一拼，发出火花点烟，那就不怕丢了。

从小就喜欢打火机。双亲以前都抽烟，印象最深的是他们在大世界的展览会上买了一个螺丝转的，里面装了一条大火石，没有油蕊，当时喷气机也还未发明，此机的用法是将香烟插到机中的洞里，拼命旋转螺丝掣，烟便点着，据说是发明来给水手在大风里用的。最近复古，又看到这个产品。

双亲的另一个奇特的用具是一只像唇膏一样大小的打火机，只要将它的壳一打开，机内遇到氧气，便发出火焰。当然，这种打火机放在裤袋内，随时有伤及重要器官的危险性。

最不喜欢用名牌，我的哲学是买一个那么贵的东西一下子掉了，不如去买几百个便宜的，见人就送。

现在用的桌上打火机是一个铲除胶漆喷火器的复制品，已经跟随我二十年了。

唉，这一段废话，如果讲给一个不抽烟的人听，就好像同女人解释剃胡刀，是哪一个牌子比较锋利一样。

啊，补脑品

药类中，印象最深的是一种补脑品。记得它装入一深色的玻璃瓶，贴着一张设计古雅的商标。

母亲打开瓶盖后，倒出一大汤匙的浅棕色粉末入杯，再倒入少许热水，用匙大力搅拌，最后加开水完成。如果拌得不均的时候，便会冒起一粒粒的小圆球。

我像死囚一样被抓着，强迫张开嘴，一大口灌了进去。

那味道似木虱死尸为主，混以蟑螂屎、蜥蜴蛋和老鼠皮，是世界上恐怖感最高的味觉，毕生难忘。

“吃了补脑，聪明到老，包你学校成绩好。”长辈总是那么说。

啊，这种补脑品！同班的学友都吃过，大家还不是照样看不透，想不通。

不知道什么时候开始，大人发明出这种残忍的酷刑。深受其害的小孩，长大后，又以此向他们的下一代报复。这便叫做爱。

二手货

飞机上，坐在我旁边的是个英国人，手里大包小包的都是照相机，他的漂亮太太帮着提灯光器材。一看，就知道是一个专业摄影师。

聊起天来，他说他替一本美国的家庭杂志拍照，以名人的家为题材，为他们的屋宇摄影，他每次选的对象，都是他爱读的作家或是崇拜的演员，又有太太陪伴，一半工作一半娱乐，生活惬意。

我见他带了一部大底片的单镜反光宾得，这种相机我们拿来拍剧照，其他人很少去碰，多数用哈苏，就问他为什么。他说大底片相机中，只有宾得有个矫正变形的广角镜，虽然它已不再生产其他镜头与零件，但为了这个广角，还是值得一用的。

不过现在新一派的职业摄影师多数用三十五厘米拍摄，因为菲林的进步，加上好镜头，不用大底片也有优秀的微粒效果。好像日本人，就是纯一色用三十五厘米。问他赞不赞成这种做法，他说那要看出版技术够不够水准，日本的分色和印刷功夫做得极好，所以用三十五厘米没有问题，其他国家就不行了。

大型的哈苏还有一个好处，他说，那就是可以加上即影即有的宝利莱相纸，拍出个样板来看色调。现在三十五厘米也生产了这个零件，缺点是样板太小，有时看不清楚。

问他拍过那么多个家，最有趣的和最值得记忆的是那一回，他说是在法国拍了一位政治家兼作家的名流。这个人的家，一进门有条走廊，陈设着他小时的照片，玩过的玩具。

再进去的大厅里有他父母的职业的遗物，仔细观察下知道他的出身，还有在什么学校念过书、长大、恋爱、游历过的地方，各种突出和罕见的手工艺术品。又以他的藏画、他的书籍来表示他的兴趣与品味。餐厅里更有好瓷器和名酒。

他拍完照后，要走时把一个古董瓷瓶打破了，明知价值不菲，但主人只轻描淡写地说："没什么，只是个二手货罢了！"

玩蜻蜓

我们那时大家还年轻。坐在广阔的平原上等太阳。已经是秋天，芦苇长着白花，风一吹来，我们像是沉浮在白色的大海上。

前一天晚上打电话打到三更，国际台还是接不通，只好放弃，但王羽把这件事挂在心上，一整天闷闷不乐。

“我不拍了。”他忽然间说，也不怕把那套全白色的戏服弄脏，一躺就躺在芦苇丛里，不见了人。

他是男主角，天皇巨星，说不拍就不拍，谁能拗他？消息传到导演张彻那里，他跺跺脚，望着天，猛抽他的雪茄。

一群人四十多个，老远地跑到日本出外景，吃住就是一大笔费用。我负责制作，处处要预防浪费，更是心焦如焚。

“等收工了我再替你接电话。”我说。

“那么迟了还没有人听，你说她到哪里去了？”王羽越想越气愤。

“或者去看午夜场了吧。”

“是啊，也许是去看午夜场了。”王羽说完坐了起来。我们又有了生机。

“但是，不对呀。”他想了想：“昨晚是星期二，哪里有午夜场？”

我也说不出话来。

“会不会到朋友家去打麻将？”他为自己解答。

“对，对，打麻将。”我这么一回答，他反觉不妥。

“我马上回香港。”他决定。

这事情已经弄得不可收拾了，有什么办法挽回？

天上飞来一群红蜻蜓，有一只停在我面前的白花上。我静悄悄地伸出手指在它的眼睛前面划圈圈。蜻蜓有复眼，圈圈越划越小，它便会头昏，等它心迷，更能一把抓住。

王羽看得神奇，也找了只蜻蜓划圈圈。一抓，让它飞走，再找来划。

大家看着这两个疯子划圈圈，郑佩佩、午马、杨志卿，甚至张彻也拿着雪茄划圈圈，把所有的事忘却了。

太阳出来，我们继续拍戏。

小木盒

在中环的街道上，偶而会踏到一片铁块，上面浮雕着“丽的呼声”的英文字。这个代表英国殖民地产品之一的东西，只剩下一个影子，有线收音机的时代已经过去。

独立了的新加坡，“丽的呼声”到现在还是拥有一部分订户。记得小时候一大早上学，走过一间庙宇，必传来一首轻快的圆舞曲，象征“丽的呼声”一天的开始。

“丽的呼声”这东西真怪，一个方形木盒子，里面有个喇叭，盒边只有粒控制音响大小的纽掣，其他什么也没有，一天由早到晚，不停地播出节目，大家取笑长舌妇，就用“丽的呼声”四个字相称。

这小盒子可不知迷死多少家庭妇女和厨房中的佣人，她们对时事的认识全是由它教育出来。“丽的呼声”，是家庭的一个忠诚的成员，没有它的存在，生活便是那么的单调。

“丽的呼声”和政府电台不同的是，它有许多广告。在收音机的初期，觉得不大舒服，但是比起现在的电视节目，已是小巫见大巫了。

蜡烛

从小就喜欢蜡烛。

她是一位呼之则来、挥之则去的好朋友。

忽然间停电的时候，你便会发觉她的可贵，到处寻索，请她回来陪伴。

蜡烛因为被电灯代替了，不能与你长相守。等到你们重逢的一天，她的眼睛幽幽地闪亮，倾诉相思之苦，流下泪来。

你和新情人一起，在家晚餐，硬硬地把她拉来坐在一旁，叫她增加气氛。她亦不埋怨。因为，她知道，日子一长，你们再也不会做这种傻事。

她在你的婚礼上穿着红衣，为你祝福。当你离去，她戴上白纱，为你送行。悲哀时，在教堂里给你安慰；徬徨时，在庙里给你希望。你惦记故人，她也和你一起俯首。

年轻人的世界里，什么都要快，什么都要好。蜡烛依然道：

“燃烧吧。不要只点一端。把前后两头都亮起。我们都要经过这段勇敢和美好的青春。燃烧吧，虽然生命缩得更短，但，是那么地灿烂！”

恐怖

三个小女孩站在幼稚园门口等父亲来接她们回家。

"放假你们去了哪里？"其中一个问道。

"我爸爸妈妈带我到日本去，东京真好玩。他们买了很多漂亮的衣服给我。百货公司有十几层楼，走一天也走不完。他们说明年还要带我去北海道。"那小女孩洋洋得意地滔滔不绝。另一个听了之后，眼神浮出轻视，自傲地说："日本我们早就去过了。这次爸妈和琴姐跟着我一起去加利福尼亚的迪斯尼乐园，那才是走三天三夜也玩不完，我们就住在乐园中的酒店里，来回方便嘛。琴姐从来没有坐过飞机，把她吓个半死，真好笑，她说回来后讲给她的姐妹听，大家都好羡慕她唷。"

最后一个女孩子不说话，那两个像审犯人似地问道："你呢？你去了哪里？"

"我……我们去了新加坡。"她冲口而出。

身后来了个样子朴实的妇人，拧着小女孩的耳朵：“丫头，我什么时候教你骗人？”

灿烂

在交通灯前停下，看到一个十五六岁的青年，头发剪成冬马赫克印第安人装，并染成部分粉红色，身穿皮制背心，中间有铁链串连，裤子钉满了发光亮片。皮靴是一只白一只黑，并学着黑人姿势走路。我真为他羞耻。

但是，这青年很温柔地用手扶着他身边的一位老太太，她穿唐衫裤，头上打了一个髻，几条灰白的长发被风吹乱。青年用手指为她梳好。老太太感激地摸摸青年的手，眼中充满了无限的爱意。

似曾见过，这份感情出自我奶妈的瞳孔。我站在她身边，额前留着个头发梳成的肿包，学足东尼·寇蒂斯。花纹衬衫的短袖还要卷起来，裤子狭窄地包着瘦长的腿，跟随着脑中猫王的音乐颤抖。

影像与站在我前面的这位青年重叠。我怎么会忘记去欣赏他？他化身的孔雀，色彩比我当年灿烂。

我为我自己羞耻。

起床术

有没有试过第二天要早醒，而非常渴睡，起不了床的事？

即使你是一个生活很有规律的人，晚上一定九点睡，第二天七点爬起来，这种惯性，总有一天会被忽然来的事打破，遭遇到不够睡眠的烦恼。

有什么最好的方法呢？一个老前辈教我说："即使你被闹钟吵醒，起来后也是半睡眠状态。最好是当你醒来时慢慢地先把左手伸直，一直伸，伸到极点；再去伸右手、左右脚；最后伸头，把头伸到颈项不能再拉得更长的时候，你整个人已经完全清醒，一点睡意也没有了！"

我用这方法试后，果然灵验，便成了我克服渴睡的技术，你不妨试试，当然，这要专心去做才行，不然到了一半又睡着了。其实，什么事情一专心，总能做好的。

一个朋友照做，伸直头和四肢，把老婆踢下了床，给她大骂一顿。

气功

遇见几个老朋友，话题一转谈到气功，竟然大家都练过，滔滔不绝地发表他们学习过程和它的功效。

某某人患胃病，学了气功后治好。同学太太的失眠症，不用服药而痊愈。我听得入神，心里蠢蠢欲试。

听说最容易上手的是“自发五禽戏动功”这一门。我以前也看到一位仁兄示范，有点像东方催眠术。什么奇难杂症都被医好，一定是有道理的。我想。

我也相信的确有气功这回事，并且知道有一天必然去练。不如现在就开始吧，正这么想的时候——

“嗨，我的师父在北京一动气，上海的师兄身体马上感应摇动！”朋友这么一说，又把我的信心抛到九霄云外。

最怕的是这些过分夸大的荒谬的理论，我根本不能接受。恢复疲劳、治病、令人平静，是我认为有可能的事，但是忽然间说练到一个阶段，灵魂就可脱离躯壳神游，到底目前听来还是天方夜谭。

姑且信其有吧。我向自己说、以前的一位顾主也告诉我说，手掌中发出一股气，用手掌挡之，便觉得像冷气机喷出的气流，离开远远地也能感到，我也相信了。

“那练气功要什么条件？”我问。

“有三，”他回答：“第一，要戒烟三个月！”

“行！”我点头。

“第二，要戒酒三个月！”他强调。

这有点难于接受，不过，为了要乘鹤神游，有何不可牺牲，便决定地再声大喊：“行！”

“最后，要三个月不近女色！”他说。

“算了，算了！”我摇摇头。所以到现在不能过三关，手掌也喷不出气来。

义兄黄汉民说：“我练气功已久，一直没有成绩。一天，忽然感到手掌一麻，知道气已经来了，这股气一直向上伸，麻麻痒痒地爬到肩膀上，停下来，我怕再也找不回这股气，便用手去按，一看，原来是一只蚂蚁！”

五十肩的故事

年初，到黄永玉先生画室做客，不知带什么当手信，匆忙之下，由办公室的酒吧中取一瓶上等白兰地，放进和尚袋，赶着上路。

还有时间，先逛一会儿书局，忍不住又把几本旅行的数据书买下，往袋中塞。走出书店，叫不到的士，步行了半个多小时。

发现背着的和尚袋越来越重，肩上有点酸痛。

吃完饭回来，痛楚也深。

从此，我患了所谓五十肩的毛病。

五十肩不是东方人才有的，鬼佬称之为“冻结了的肩膀”（Frozen Shoulder），原因是肩部神经发炎，通常人到中年这种病即来，日本人叫它为四十肩，其实是四十岁患叫四十肩，五十岁便是五十肩了。

痛起来是一场噩梦，严重的，手都举不起来。就算轻微，也要一晚上醒几次，痛醒的。

这个噩梦一发就连续地来个一两年，如果不去医治，也自然会好，并非致命，但是精神上的折磨，往往令人认为死了更好。

详细描述，痛法是这样的：忽然，你会感觉到肩上好像给人家栽了一根长长的钉子。接着钉子变成两根、三根，痛苦在周围的部位扩充。钉子插入的过程不是直刺的，它们像大型的牙医钻针，渐入式地攻击你的神经，患者几乎听到那滋滋的巨响。

痛楚渐渐地加深，直到喊救命，五十肩还是笑嘻嘻，不停钻入你的脑髓，想搞得它稀烂为止。

心身的疲倦下，睡魔侵入，让你得到片刻的安宁。忽然，五十肩又拍拍你的面颊，来吧，再玩游戏，又用巨针来钻你的神经。

重复又重复，天亮了，要你上班去。繁忙的工作可使五十肩暂时失踪，但等到休息时，它又重来侵犯，你才知道噩梦原来是清醒的光天化日下也可进行。

开始寻医，试过天下的什么脱苦海、什么辣椒膏、什么追风刺骨药，完全没有用处。

朋友介绍了一个推拿师傅，说了一番大道理后为我治疗，这一按一扭一拉一捏之下，痛苦加倍。做完之后虽然舒服一点，因为和原来的折磨比较，当然以为有见效。

师傅说这种病至少要做十次之推拿。十次之后再十次，在等待看病时，上一个患五十肩的妇人杀猪般叫声，不比牙医诊所听到的小。扔下钱，落荒而逃。

入睡之前又拼命搽安美露，友人的太太也患此病，涂此膏。药味难闻之极。先生一忍再忍，最后无奈地咧着嘴，幽默地叫太太：“露露，露露。”

想到这里不禁地笑出来，但是哎哟一声，神经又被拉紧，五十肩警告我：不准笑。

八个月的煎熬之下，已不成人型，最后还是找西医，诊断后医生说唯一办法是把药物打入肩膀，让骨头与骨头之间的摩擦减低，便能痊愈。

好呀，人生之中出现了一线希望，决定受治。

但是，医生说要用一管很长很粗的针，打进骨头里面去，必须忍受这种痛苦才行。

画面即刻浮起：几个大块头男护士把我按着，医生用一管替牛打的巨针搏命地往我肩上插下。

即刻打消主意，又想当逃兵。

到了晚上，五十肩又笑嘻嘻来犯。唉，比起这永远的折磨，还是伸长颈，让西医来插针吧！

约好时间，第二天早上十点行刑。前一个晚上像个无主孤魂地走进友人开的茶庄，喝一杯极品铁观音，死也死得好过一点。

茶庄惯性地开着一围麻雀，是熟客晚上的娱乐。其中一位是陈道恩先生向我说：“我们认识了也好一阵子了，你相信我吗？”

陈先生有慈祥和蔼的笑容，喜厨艺，我吃过他烧的菜餸多次，和他又谈得来，当然说相信啦。

他叫我到阁楼的小办公室，拿出一套针灸仪器，看到长长短短的针，细如牛毛。陈先生说："有些人怕用过的针不干净，也可以用全新的针。但是近来的针眼已经没有旧时的手工那么细，会刺痛神经，你要用新针也行。旧针我消了毒，应该没有问题。"

相信他就要相信十足，我当然要他用旧针。

一针打下，连蚂蚁咬的微痛也不感觉。不消十分钟，他说好了。

当晚，我睡得像个初生婴儿，有数十年来没有感到过的安宁。

我的五十肩完全根治，感谢陈先生，不知用什么方法。陈先生一向不肯向人吐露他的医术，他是一家大型工厂的厂长，目前退休，人也只是六十。鼓励他开馆行医，现在在九龙城南角道二十四号，景辉阁二楼C座挂牌，治好不少五十肩病人。

知道今后一有痛楚，可以即刻向陈先生求救，做人也自信了许多，比起很多富有的人，更加幸福。

彼岸

从外地回来，才知道冯康侯老师去世。

我的脑子一片空白，一心一意要写纪念老师的文字，但怎样也挤不出一个字来。

断稿令我常做噩梦：以齿咬笔杆，门牙剥落，变成碎粉。一张张的稿纸大得能当屋顶，下雨，纸破裂，水冲下来淹窒着我。举笔，骨断，手指一根根掉在桌面，还会蠕动。

以前，曾夸下海口，在这版位上要写尽人间欢乐，与哀怨绝缘。恐怕已经做不到了。老师为人乐观，也不赞成我以悲怆的笔调来写他老人家。我怎么办才好？逼自已写，会对不起冯老师。这些日子，唯有每天拜神。

我拜的是老师所信的宗教，他的宗教是艺术。将人们花在研究和膜拜神明的时间，老师拿去做艺术。八十三岁的人，还是不停地写，不停地刻，永远地在创作。

老师领悟的，是归平淡，与释迦牟尼的思想，有何相异？我有生之年，将归依此教，希望一日，追随老师，达到彼岸。

毛笔和筷子

七年前，在很好的机缘下，由刘作筹世伯引见，拜会冯康侯先生。

“老师不一定会收你。”刘先生说：“一切，看缘分吧。”

我点点头。

两人爬上北角丽池一栋住宅的狭窄楼梯。

冯先生是位矮小清瘦的老人，满脸和蔼安详，直接地问：“你要学这些不合时宜的东西，有什么目的？”

“没有目的。”我坦诚地回答：“只是喜欢得要命。”

“那就够了。”冯先生微笑。

接着他老人家叫我先写几个字，千万不要临帖：“写出自己的字，写出自己的个性。”

“但是，”我抗议：“我连毛笔也不会拿呀。”

老师笑了出来：“毛笔只是一件工具，久不用了，就以为自己不会用。要是多接触，就像拿筷子那么简单。”

迟疑

约好一星期后再访冯老师，便告辞回家。

第二天一早，马上拿出廉价的文房四宝，拼命乱写，一张撕了又一张，这支毛笔怎么会分叉？是不是所谓的破了胆？墨怎么永远磨不浓？

毛笔实在是一个怪物，不听话地自动移动。本来还指握笔杆，后来慢慢地往低处抓，差不多按到笔毛上，才能控制，那个模样，实在像洋人在抓筷子。

好歹抄了一首唐诗，三行字，头不齐，尾长短，东改一下，西修一番，怎么看都是一堆死蚯蚓。

连续写了六天，手、脸、头发上都沾了墨，最后一张还是撕了，这种丑态，如何拿去见人？但是不遵照冯先生的意思去做，哪能做到学问？硬着头皮，不顾死活地又写了一张。

兴奋地等待着今天再去拜访冯先生。电话响了。喂！什么？

老师的心爱幼儿，冯文湛先生急病死了？

今晚，去好，还是不去好？

老师

做出这么一个决定：带鲜花前去，不提书法篆刻事，慰问两三分钟，即刻告辞。

还是那条狭窄的楼梯，冯先生亲自开门，看到我，又是那么和蔼安详地微笑。

心里准备的话，我一句也开不了口。最后，只能挤出："请您不要太伤心。"

"伤心？"冯翁说，"那是难免的。"

我以为这一下又勾起老人家悲痛，真该死，快点溜吧。

"不过，伤心又有什么用？"他反而来抚慰我的内疚，"我的朋友和学生，有几个是当和尚的，他们来看我，并且讲了一大篇佛家的道理。其实那些道理我怎么不懂？我读的佛学，比他们还多呢。"

冯先生说完哈哈地笑。笑声中，并没有带着悲愤。接着，他说：“我会把现在的心情，化为力量。我要尽可能地去抚养文湛的下一代，我要将学到的东西和同学朋友们分享。你的字呢？今晚，我们就上第一课吧。”我眼圈一红，抓着他的手叫：“老师！”

同学

冯老师看完我的字，说："果然一塌糊涂，但是，好在不带俗气。"

从我的字，老师将我的个性略做分析，比相命先生还要准。

"想学篆刻，那一定要从书法着手。"老师说，"那把刀，要抓得纯熟的话，练习两三个月，包你得心应手。街边雕图章的师父，有许多的刀法，比我还要强。刀抓得好，只是一个泥水匠。篆刻最重要的是布白。精于书法，那么，你就是一个绘画蓝图的建筑师。"

见我已经能接受的表情，老师继续说："你的字，近黄山谷。你经过基本的抓笔训练后，可以多临他的字。我小时候也临过黄山谷，其实，我学得很杂，什么好的碑帖都临。碑帖是我的老师。现在你临黄山谷，因为你们的字型相近，这是一条捷径。我向我的老师学习，你也同样向我的老师学习。所以，我不是你的老师，你也不是我的学生，我们是同学。"

难看

对于书法的基本训练，冯老师主张先由王羲之的圣教序着手，他说：“书法最主要的目的还是在运用，大篆小篆等可以慢慢研究，把行书学好，至少写封信还像样一点。”

圣教序中集的字数很多，是本好教材，其他行书碑帖不如圣教的丰富。老师先将临帖的精神告诉我们：“不要一个字一个字临，也不要看一画写一画地临，那永远学不好。”

老师要我们把字记熟，能记几个就写几个，不用贪心。字形背不出的话，临完忘得一干二净，白费功夫。

初学者看碑帖总不能领会到其真髓，所以老师把圣教序在宣纸上重书一次，再叫我们去临，同学未下功夫之前，他已经花了时间和精力。老师每星期替我们抄一段，上星期写到哪里，下星期续之，绝不重复。

“其实，”他笑着说，“我临了这么多帖，也学不好王羲之的字。乘为你们做功课的机会，我自己也可以多吸收一点。瞧，我的王羲之，多难看！”

吃鸡蛋

起初临字，总是写出歪歪扯扯的怪物来。鼓起最大的勇气，数十张中选了最满意的，拿去给老师修改。

先看别的同学的字，已觉得写得蛮像样，老师一个个字地改，用红笔把正确的字形勾出，即知道毛病在哪里，自己又捏了一大把冷汗。

时间已近深夜，老师还是那么细心地逐画修。一向知道他老人家眼睛有病，很痛惜他花了这么长的时间，心中想："最好不要改到我，快点跑了吧！我不值得老师花心机。"

但是总会轮到。

老师照样从头到尾观察了一遍后，指出每一画的错误。死了，死了，那么多的丑态。不要再改了吧，老师！

忽然，老师指着其中的一个字："你看，这个仪字是多么有力。"

“真的吗？”心中叫喊。

唔，唔，老师点点头。在“仪”字的旁边打了一个圆圈。啊，这个鸡蛋，是天下最美的。

意在笔前

如果你去看古人论书法的文字，总会一头雾水。好像黄山谷说：“王氏书法以为如锥画沙，如印之泥，盖言锋藏笔中，意在笔前耳……”到底什么是意在笔前呢？初学者不可能接受。我们在练字时，有时吃鸡蛋一多，就不照碑帖，写到一个巾字，把中间的那一竖拉得长长的，得意忘形。

老师在修改的时候，便指出：“最抢眼的那一笔，往往是最碍眼的那一笔。”

为什么？经老师解释，道理是那么简单。

“一撇到南洋，一画沙的一声直流而下，制不了那管笔，那不是给笔拉着鼻子走了吗？”老师问道。接着他老人家说：“一张字，像一幅画一样，要有整体的构图，才能显出美感。你们看古人书法中常有拉得长长的一画，那就是书家的设计。这长长的一画，要在哪里停止，他们心里有数。一失去控制，就破坏了构图。这个心里有数，便是意在笔前了。”

篮球

老师又在一丝不苟地替我们改字。

“我替你们改正字体的错误，只要你们记得一点，错误就少一点。”老师说。

“什么时候才知道自己写的字是好的呢？”我们问。

“字写得好不好，是见仁见智，很个人化的东西。比方说金农的字，我试过用油画的扁笔来写，果然写得一模一样，而且还能写出沙笔。有些人很喜欢，我就觉得没有变化。但是，字体有没有错误，却是令看的人都能指出的。所以，先要做到没有错误。”老师说。

叫我当他面写给他看后，老师笑着：“你的字写得太快，该停顿的地方还是停顿得不足。写字好像打篮球一样，接到球后要看清楚把球交给谁，才能抛出。这就是所谓的意在笔先。在还没有决定要给谁的时候，就是应该停顿的时候了。

“一个字的最后一笔是最重要的，字写歪或写坏了，最后一笔可以把字拉正救活，等于球的投篮，得到最完美的结果。”

静观自得

每临完一张字，老师总叫我们挂起来看。

他老人家说："因为看多了便会看得出它的毛病，看出自己的毛病，就是进步。"

接着，老师说："好的绘画，好的书法，越看越美，越看越发现它们的好处，也看到作者设计的心机。渐渐地，时光间隔已不存在，和古人做了朋友。相反的，叫做经不起时间考验。"

老师这么一说，我们才开始学习看东西。以前，挂在墙壁上的书画，只是墙壁的一部分。现在一有余暇，便停下来看一看。钤在书画上的玺印，起初是一块朱砂，看多了，什么难懂的文字都能读出来。长期的训练、阅读、观察；果然，了解什么是抢眼，什么是故作惊人语。正当要开始乱批评的时候，又记起老师的安详表情、他处世的温和态度：人家做什么是他们的自由，好的多欣赏，坏的放在眼前也看不到。

"静观自得"这四个字，达到了它的最高境界。

眼高手低

我们上课，不限于在书法和篆刻上下功夫。老师常拿一些精美的石头给我们看，指出它们的来源，好在哪里。

“当店的学徒，还不是靠看多了才学会的？”老师说。

一同上课的禤绍灿兄有购书狂，每有一册关于书法篆刻的新书，一定拿来给老师看，他老人家很细心地翻阅后分析书的内容、值不值得去读。

书画更是不绝，许多藏家和画商常拿来和老师研究，我们得到不少眼福。

有闲阶级开始买字画，人家批评他们附庸风雅。老师说：“附庸风雅有什么不好？代替银纸和股票排在墙壁上，已经表示他们开始走向艺术欣赏的路上。”

“眼高手低。”老师道，“更是一件好事！好的东西看得多，能够吸引便叫眼高。眼高表示欣赏力强。手低只是技巧的问题，勤能补拙，多做功夫手便不低。最怕的是，眼也不高，手也不高。”

演员

在老师家上课，论书法篆刻时严肃，闲聊时轻松。

对于开书画展，老师说："开展览会的目的是给人认识，就等于要名啰。有名，利就跟来。但是，买画的人，有几个真正懂画？会欣赏的，多较有清高的思想，这种人怎么会看重钱财？他们哪有这么多余的钱去买张画？所以说，书画家多数是演员。"

"这句话怎么讲？"我们都惊奇。

"多少人知道一幅字画的价值，除了作者之外？"老师问："只有作者自己才明白对这幅字画付出的血汗！"

老师继续说："书画家是演员，因为他们要向观众说明好处在哪里，如何辛苦才能写出。说服观众，生意就做成。书画展的成功，多数靠关系，请熟人来买。连我自己，也不是一样地在演戏？"

"不会吧，老师。"我们说。

"你们看不出，那是我的演技，已经炉火纯青。"八十岁的老人，还是那么调皮。

印泥

“印泥像老朋友、爱人，要不断地去搅。”老师说：“不然，朱砂都沉到下面去了。”

老师搅印泥，嫌竹枝和象牙签太细，运不出力量，他习惯用一只筷子不停地把印泥团团地搅乱，最后搅成像一个模型小笼包。

接着，他将印石四角沾在这小圆球上，再压中间部分，细心地把整颗印着好印色，才押在纸上。

压时用内力，同样的把四个角和中间以平均的力量盖上。又恐垫住的纸张不平，第一次压完后还将纸移动到另一个位置，重压之。

印泥会沾贴住纸，要印色最均，更清楚，老师会把石头翻起，然后用指甲背轻轻地刮纸，押出来的印，是完美的。

“你们知不知道印泥还含有胡椒粉？”老师问：“所以纸和墨

虫都会吃，只有印色永远不会蛀洞。印泥放在盒里，要它几十年也不凝结；盖在纸上，又要它五分钟内干掉。你们说这是不是很神奇？任何小东西，注意到奥妙，便会发现这世界有许多美好的事。”

真假

有位商人拥有老师的印，知道我跟随他老人家，便盖了张印稿送我，我拿去给老师看。

“那不是我刻的。”老师说，“许多年前，有个人在海外接邓尔疋和我的印的订单，自己仿了交货，捞到一笔。”

“真缺德，那个人是谁？”我们问。

老师摇摇头：“算了，提他干什么？其实，我的印的真假，有多少个人会看得出？”

一般人向老师求印，多数只慕老师的名望。我记得有个女人，要老师替她和她丈夫刻一对印，有天夫妻吵架，把石头摔缺了一角，后来和好了，再求老师把石磨平，重刻一对。老师也还是心平气和地照做功夫。这一点，我们就做不到。

“图章这东西，”老师感叹道：“除了刻得特别坏，或是大反刻者的风格之外，许多人只要相信这是名家所刻，就不会有疑问。刻这些东西，我宁愿他们遇到一个冒刻我的人。对于他们，真假又如何？”

印稿

老师教我写印稿的时候，以一小张宣纸包在石头上，用毛笔把折着的边轻轻地涂上墨，便成一个小框框。

再把这小框框由中间折起，写双字印就有了中线，再折，可写四字印。

将写字的那一面印稿贴在石头上，以水沾湿，另叠上一层白纸。把大拇指的指甲用适当的力量刮之，翻开白纸，要是白纸上已印上墨，那表示印稿已经透墨在石头上。再翻开印稿你就可以刻印了。

“用清水沾湿印稿过印也行，但是最好是用口水，没有什么比口水更容易过印了。”老师说。

“为什么不把印稿直接地写在石头上呢？”我问。

“直接写上，那是不是要将字写反了？”老师反问。

我们点点头。

老师追问："我们一生人都在写正字，忽然要你把字写反，怎么会写得好？"

精雕细凿

常看到有人在一颗米上刻了数十首唐诗，小象牙签上雕花卉鸟兽，橄榄核变成一条船，舱门还是活动的。更有的是在一条头发般粗细的线上刻了数十个字等等，都认为是一种苦学回来的玩意，很难做到，但是多属于工匠之作，谈不上是什么艺术。

这么精细的东西，肉眼都看不清楚，怎么写得出、刻得来？据说作者并非每样东西都看到，而是凭感觉创造出来的。

认为精小的东西止于图章石上的边款，再小便成了怪异，边款的字与用毛笔写出来的完全不同，有很重的金石味，许多名书家的边款，比他们用毛笔写出来的更好看。

边款以刻刀把横和竖的笔画组织起来，也有人用尖椎用力写在石上。图章石很小，要刻得整齐和构图优美实在不易。

冯康侯老师在刻边款，有位学生问道：“老师，何不用放大镜？”

冯老师回答说："用放大镜，那我那把刻刀岂非变成电线杆那么粗了？"

败笔

篆刻，一向学习冯老师所说，从汉印入手。打好基础，才能追求自己的风格。

有人劝我不要墨守陈规，大胆地求新意，作出抽象的构图也无不可。我绝对不能同意他们的看法。

又见年轻人士作抽象画，我更为他们感到悲哀。他们说：“毕加索画抽象画，我也可以学他呀！”

但是我要问的是，你们有没有看过毕加索在素描上下的苦功，你们有没有经过他的粉红色时代和蓝色时代？

学篆刻，汉印就是我们的素描。

看许多初学者的作品，一下子就是齐白石的那种大刀阔斧，我直摇头。近年出版了一本邓散木的篆刻学，大陆和台湾的学生受其影响极大。结果，这些人都变成齐和邓的徒子徒孙，永不超生。

冯老师的教训是“归平淡”。一归平淡，就耐看。耐看就是艺术。标新立异的那一笔，看久了，变成败笔。

菜篮

某些事，也弄得老师措手无策。

一天，他老人家忽然说：“你的名字，字形少，刻印刻不出花样，不如替你改个字罢。”

“改什么字呢？老师。”我问。

“澜者，大波也，就叫大波好不好？”老师正经地说。

岂知坐在旁边的师兄禤绍灿吃吃地笑了出来，才会意大波，用粤语读出，变成了大奶子，惹得我们都捧腹。

唉，大波不行，大浪如何？

老师说：“大浪也好呀。”

禤绍灿也同意。

我自己心里一想，大浪，大浪，福建话叫起来一点也不好听。

“不，不。”我直摇头。

“为什么？”老师问。

“浪者，闽语之生殖器也。”我说。禤绍灿更笑得由椅子上跌下去。

“蔡澜就菜篮吧。”老师也无奈地说。

打磨和上蜡

我们买了石头，将它锯成自己喜欢的大小，锯开的那一面怎么磨都磨得不够光亮，便去请教老师。

老师说要用爱尔兰制的水砂纸 JOHN OAKEY AND SONS 3／0 100 23B 号，此种砂纸微粒最细，用水浸湿后磨石，果然，三两下子磨得很光亮。

打磨只是上半部功夫，接着要上蜡才能保持石头的光泽。上什么蜡？可以不可以用喷地板的蜡呢？老师答道："那种蜡包上石头之后，指纹会留在石上。一定要用川蜡。在图书颜料店可以买到。川蜡有弹性，手指压过之后放开，指纹跟着消失。"

上蜡的过程是将石头放在一个铁盒中，下面用微火烧之，烧时把石头四面转动，否则太热了会爆开。最后刮些川蜡碎片在石上，川蜡便会溶了平均地铺在石头上。

"如果是贵石头，怎敢拿去烧？"问道。

“不必怕，用吹头发机烘热，效果也是一样。”老师顽皮地说。

何尝不可

在一本书法杂志上看到一个行书帖，翻下去才知道是武则天写的“昇天太子碑”，想不到这个喜好弄权的女人也有一手，再看下去，觉得很不耐看。

问老师觉得她的书法如何？

老师说：“天下那么多石碑帖，何必去看这些偏门货？”

想想也是。

“要看皇帝字，不如看宋徽宗。”老师说后拿出一卷印刷精美的瘦金体给我们看：“他将古人碑帖中的字，只吸取其细长的笔。”

接着老师指出这一画是从什么碑，那一撇又是由什么帖变化出来。我读碑帖极少，不懂得老师所说。

“你们看不看出不要紧，”老师明白我的表情，“主要的是，临碑练帖，笔画的粗细，也可变成另一番不同的面目。所以临帖要保持一个‘我’的存在，临得一模一样，不如去学摄影。皇帝那么忙，也能抽空把字练得好，你们何尝不可？”

羞耻

保良局一百周年纪念的时候，要老师开个书法展，捐助所得。老师毫不考虑地马上答应了下来。

“什么公益金或什么慈善机构，大家都慷慨捐钱，但是我一直不明白钱用在哪里？保良局的成绩，却是有目共睹的。”老师说。

大家看他年纪大了，都劝他不要为此事太操劳，老师不听。他每天勤力书写，又集了学生们的作品，共一百幅拿出展览。

老师不但出力，裱画的钱也是自己付出，但是，裱画商因其他生意忙，一时赶不出裱那么多张。“帮帮忙，这是好事，钱多收不要紧，一定要来得及！”老师抓着电话，拼命地向那商人要求，急得团团乱转。

“出钱的人可以得到一件纪念品，私心上，我又能够把学生们的作品向大众介绍一下，何乐不为呢？”老师说：“老天爷给我的时间，为什么那么少？”

说完，又埋头写字，我在旁边看了，对自己处世的冷漠态度，感到无限的羞耻。

讲故事

讲故事给我们听，是老师拿手的，他的故事，多数与做书法篆刻艺术的人有关：

在广州，我曾经遇到一个奇人。他姓王，名字我忘了，是一个乞丐。

每天，他都在裱画店的门外徘徊，看橱窗中的字画，人家都奇怪他在干什么，原来他把看到的东西记牢在脑里。

回到睡觉的地方，他拿纸墨把看到的画下来，没有一个地方不像，简直和用照相机拍出的一样。

裱画店老板知道了后把这乞丐收留下来，一直叫他写假画。广督胡汉民之弟仰慕他，要请他入府好好招待他，但是给他拒绝了。

他每天早上上茶楼饮茶，这是他唯一的乐趣，但是他从不和别人交谈。

所得的润金很低，生活还是像乞丐，住在一小房间内，用床板当桌子画画，又不剪辫子，缠在头顶，顶上插一蜡画到深夜。他生平不识一字，画后只能由别人加题字。这个天才，可惜活到四十几岁就去世了。

小印

老师说："人家看我的印谱，多数只翻一下，便猛赞我的小印刻得好，等我一转身，又摇头说可惜我现在不能刻小印了。"

其实，老师晚年虽患眼疾，但是我记得他替我们改小印的时候，一刀一刀像切豆腐一样，又快又准，谁说他不能刻？而且他修改的时候一点也不苟且，比自己刻一个更难。问老师："刻小印的好处在哪里？"

"刻小印有一个最大的好处。"老师说，"那就是刻完之后去刻大一点的印，就好像在放大镜下面做功夫，对准墨线下刀，轻松得很。"我们起初学刻印，老师问我们有没有近视眼？有的是老花，便摇摇头。

"可惜，"老师说，"近视的人刻小印最好，眼前的东西看得清楚。"

问道如何判断一方小印的好坏？

"好的小印，"老师回答，"看起来有大印气派！"

假如

想起来，居住在香港的这几年，假如得不到老师的熏陶，我自己会变成怎么样的一个怪物……

每天一早打开报纸，先看电影卖座的票房记录表，生活圈子只限于与事业有关的人士，谈来谈去是买房子、汽车和富格兰金币。但是，永远比不了别人多。

好了，一要比较，本分的钱不够，想法子发横财呀！每星期排队去买六合彩，这次累积奖金有六百万，希望别人不要中，看电视，竟有几十个中头奖，分得那么少！大爷中的时候一定只有一票。买吧，买吧，只要两块钱，世界上哪有这么便宜的梦？

买马买狗的机会，总比六合彩高一点吧？花几十块，一中千几。不中？当他是储蓄，总有一天会收回来。

更容易赢的，是打麻将嘛，机会四比一，哪里会像买马那么次次倒霉，胜一仗够几天开销，打打打。

王羲之的字写得好？叫他来当中文秘书。

汉印

起初看《十钟山房印谱》，觉得乏味得很，只对其中的书印和兽形印有兴趣。经老师教导之后，慢慢地感到其中的平板无奇的人名印，竟是那么变化多端，玩之不尽的一本教科书。

老师说："在刻人名印，布局之前，先翻翻《十钟》，总会带给我们不少灵感。"

我们把《十钟》读熟后，更发现它是书法中的《圣教序》、诗中的《唐诗三百首》。

"几乎所有名家，都是抓到汉印中的神髓，而演变成自己的风格。汉印有两个面目，一是残缺，一是完整。"老师指出："黄牧甫保持汉印的先天形象，刻出细致和灵巧，吴昌硕则学了后来的爆裂，布白粗犷与抽象。"

汉印的最大好处，还是它们很耐看，不会一下子饱腻。但是在平凡中不带灵气，又沦于街边印匠之流。汉印之好处和理解，许多名家之题款上都有记录。

“刻印者无不学汉而能自成一家。不经汉印而独创者，往往会发现自己走的路，两千年前已有人行过。”老师说。

入印

对大陆印人，以虫鸟篆和《飞鸿堂印谱》里的许多古怪文字入印，我们都深不以为然。

问老师说我们这种想法对不对？

“历代传下来的各种文字，流行最广的是：篆、隶、行、草、楷、金文、甲骨等。”老师解释，“其中能够在入印者，表现构图美的，有金文、甲骨和篆等。赵㧑叔以六国币、镜文入印，更有人以峄山碑入印。楷书入印的例子也有。只要自然大方，什么形态的文字，都能入印。

“不过，我要强调的是，印中的几个字，一定要统一，不能把不同时代所创的字混在一起用，要不然，就像一个穿古装的人物戴上一个石英表了。

“这么多年来，除我讲过的那几种文字之外，间中也有人创造过其他形类的字体，但是，经不起时间考验而被淘汰了。

“我们现在看到广告上的图案文字，千八百年后，可能被人发掘出来，拿去入印，和现代人还拿虫鸟篆入印，道理是一样。”

简体入印

禤绍灿兄拿了一个写得密密麻麻的印稿给老师修改，是谢慧琼的三字印。

老师一看，说："这三个字的笔画都省不了。"

"这种情形之下，老师，你是不是会反对以简体字入印？"我们问。

对这个问题，老师没有正面回答："所有文字，是以当时人的应用，而决定是否能接受。瓊字目前的人写为琼，而古人作璚。瓊字入印，写为璚没错。但是，现在你在身份证上填了璚，登记处会当你乱来。简体字入印，我没有意见，无所谓反对不反对。"

言下之意，老师似乎是说：你们怎么胡搞都行，本人却不为之。

我们知道老师对书法和篆刻的难题，袖中自有答案。"那么，字画太多的人名印，怎么去处理呢？"我们问道。

老师按禤绍灿兄所布的字形，将三字印写成四字，加上一个字画少的“印”字来透空气。看来，果然舒舒服服。

勉励

因为我看的印谱不多，吸收得也少，所以写起印稿来变不出花样。

老师替我们改印稿，绝对不会将之改得面目全非，一定是根据原稿去修正。如果原稿实在坏得太离谱，需要另起炉灶的时候，老师必先说："其实可以试试邓石如的布局……"或说："牧甫有过这么一方印……"又说："吴让之会这么写……"

讲完之后，他才重来一个构图。虽然他老人家尽可直言，但是总处处顾到我们渺小的自尊，绝不让学生在学习过程有任何气馁的可能性。

"多写印稿，"老师说，"写就等于刻。遇到某些放不下去的字，大家研究，你们写一个姿态，刺激我想到新的布局，不亦乐乎？"

老师又常鼓励我们将作品拿去发表，写完的字裱起来送朋友等。我个性草率鲁莽，但也不敢那么做：“我不够胆，老师。”

“不够胆？我借给你。”老师笑，“其实我应该借给你的，是小心。”

有情无情

对一方印的布局，我们先把几个字写出。不懂的篆，查字典，翻古人印谱，拼起做成一个构图。

老师一看，说："这方印，没有做到有情。"

"有情？印也有情吗？"我们问。

"当然啦。"老师说，"所谓有情，便是字和字之间产生了关系，以取得联系。一方印的印文，每一个字都要兼前顾后，左揖右让，才会有神趣。"

我们再仔细看回自己写的印稿，果然是每一个字都是离了婚。

"不单是刻印，书法也是如此，一行字中要注意到疏密，行与行之中要照顾到字的大小。东一个西一个把字拼起来，那么就不叫写字和刻印，变成排字工友捡字粒了。"老师笑着说。

我们翻开印谱，指出一古人的印，亦患此毛病，拿去给老师看，他老人家说："这叫做无情。"

转笔

老师的学生很多，有的我们从来没有见过面，但是一看到他们执笔，即能认出。

盖老师教初学者，执笔时以食、中、无名三指拼成一直线，握在笔杆外。拇指对准中指，由笔杆内顶住。

为什么要这么抓呢？主要是使到拇指能转动笔杆。为什么要转动笔杆呢？主要是统一笔画的粗细，使其气韵连接。

比方说，我们写一个国字，它的右上角是以一横和一竖构成。如果我们用一支羊毫，它的笔毛没有弹力，先写横画时，笔毛已经压得扁扁地，字画就粗了，再接着写直竖，那么笔画不就变细了吗？要是我们写完了横竖，在转角的地方把笔转一转，粗细的笔画便统一起来了。

“很多人喜欢看我写字，只看我写出来的东西。”老师说：“其实，写出来的字可以在写完后慢慢观察。看的时候应该注意我的运笔，在什么时候把笔转动。看我写字，为什么不看我的手？”

养志

自得老师之熏陶，开始读碑帖，学篆刻，看名画。

开始明白为什么古人的山水，顶端总有一处空白，原来是整幅画的延长。进入画中，和人物一块儿游山玩水，爬到高峰，乘着白鹤飞翔到画外的天空。

开始看懂一些书法，自自然然，不管美丑均有气韵，这便是所谓的天籁了吧。

开始知道二千多年前的印匠，把平板无奇的名字，化为一个神奇的构图，和汉朝人做朋友去了。

开始沉迷在许多美境之中。同事们也开始叫我为疯子。

开始觉得时间不够，在不想影响本身工作下，少睡两个钟头，便能做多一点学问。

开始看东西有立体感，开始磨练感觉的尖锐，反而对事业有了远见。

老师观察到这些，一天，他说："写个印稿送给你去刻。"印文曰：玩物养志。

不墨守

老师教学问，活学活用，从来不叫我们墨守成规。

比方说以前学校先生叫我们写字一定要磨墨，老师却说："尽管用墨汁好了。现代人生活那么忙，小楷还可以磨墨，写大字就太费功夫了。与其把时间花在磨墨上，不如拿去多练其他碑帖。"

看老师写个"羽"字，先写两个勾，再各点上两点。

"老师，写字不用按照笔画顺序吗？"我们问道。

"一幅字的布局，好像一张画一样。你们说是不是？"老师反问。

我们都点头。

"字的结构，就好像树枝和花朵。"老师举例，"先写枝也行，先点花也行，没有什么顺序的必要。

"画竹也是同样道理。脑中有了构图，从哪里着手都可以。这就叫胸有成竹。用什么方法去达到目的，却是次要的。"

小学

老师谈论得最多的一本书，是《说文解字》。

他说："我以前不管坐车乘船，手中总捧着一本说文，我读的是那种分成几册的线装本。看完了卷起来，放在裤子的后袋里。"

结果，老师整本《说文解字》都能背出。

除了书法和篆刻，老师对文字学深有研究，而做文字功夫的人，非经过读熟《说文》这个阶段不可。

由《说文》，老师上索周朝的金文，商代的卜文，并重视甲骨文雏形，见到字形即能会意，等于看懂一幅图画，这又是一个多么广阔的天地。

我们上课，每问一字，必能得到深入浅出的解释，可见老师在文字上下的功夫。

"《说文》由汉朝传到今天，两千多年，作为中国文字的第一本字典，是多么珍贵的一册工具书！"老师说。接着他打趣道：

“《说文》又叫小学，以前人家小学必读之书，现在的大学生不一定人人翻过。”

满足

昨天和禤绍灿兄在陆羽饮茶，希望他给我多一点资料，让我去写些我没有听过的老师的故事。

禤兄做功课非常勤劳，老师晚年的学生中，他学到的东西最多。老师所讲的，他都记录下来细嚼。他的碑帖修完一个又一个，文字一种再一种，老师看了满意才叫他换新的去学习，他自己绝非贪多。

对篆刻，禤兄比较小心，我则太过大胆，老师上课时指着禤兄说：“你是青衣花旦。”

又指着我：“你是老生，不，不，说错了，应该说你是全武行。”

“老师说的话，一向都是对的，只讲过一件是错的。”禤兄说。

“那是什么？”我好奇。

禤兄谦虚道：“老师说你学到我死去的时候，总有所成，但是我还是一无是处。”

老师教导，我们最大益处，是先学会做人。褟兄性情敦厚，已成功一半，我要是有他的十分之一，已经满足。

冷汗

一九八〇年四月，香港艺术馆替老师开了一个叫“冯康侯：书、画、篆刻”的展览会，选老师近三十多年来的作品共一百二十一件，并出版了精美的小册子留作纪念。

关于老师的生平简介，他说：“其实我那方学无止境的印中边款，已写出我的一生，以及我对艺术的看法。”

“这一次展出后，东西将留在香港艺术馆，也是件好事。”老师接着说：“恐怕，也是我最后的一次吧！”

我们听了都低下头，说不出话来。

“我请饶宗颐先生为我作序。不过，我告诉他，请他绝对不要称赞我，大加批评我也接受。我的作品，好坏让后人来判断。”老师的表情，充满一股正气。

继续，他轻松地说：“我请饶宗颐先生强调的是：本人之治学，六十年如一日，从不中断。又永远认为艺术是神圣者，永不以此来做手段。”

这番话，令一般沽名者流冷汗。

老家

师母晚年耳疾，又不肯戴扩音机。

老师笑着说："不戴就由她吧。戴了虽然听到东西，但是嘈杂声也跟着放大了，何苦呢？"

去年师母去世，对老师的打击很大。他们结婚六十年，两老朝夕相伴，我们在慰问时看出老师的悲哀，但只是那么一刹那，老师又微笑地说："我不当她死去，只是比我先走一步罢了。"

"人家说，死亡是件痛苦的事，但是我看她去世之前失去知觉先，属于死于自然，八十几岁人了，算是享尽人生之福啰。"

师母之骨灰，放置于佛教公墓。谈到骨灰，老师摇头说："人死了，还留那么一点东西，也真是件麻烦事。"

长子文泰，受业于一位名中医，悬壶济世。老师安详地转过头去向他说："我去了之后，你们乘船到澳门珠江口，把我的骨灰散入海，当送我回广东老家吧。"

年轻时

老师病中，见我们脸有忧色，反而讲笑话给我们听。

“从前我和黄文欢两人，是广东藏印谱最多的。黄文欢这个人很喜欢讲理论，说西泠中人的切刀个个不同，黄小松用七刀，陈曼生用八刀来组成一画。我当时二十一岁，很调皮，回家后就仿了西泠各家的印，算准了他讲的刀数刻出。

“然后，我拿去放在他每天必经的古玩铺子，他如获至宝地买下，拿到茶楼来叫我们看，证明他的理论是对的。

“王福庵对黄牧甫很有研究，说牧甫的东西，他绝对能够辨别真伪。当时我和他一起在北京的铸印局做同事，天天见面，把仿黄牧甫的印印出印稿，并拓了边款，放在他的书桌上。

“吃完中饭，他回来后一看，大叫是珍品，我说我昨天晚上也刻了同样的印，说完把原石拿出来。王福庵大骂我这年轻人太过分了。”

老师见我们笑，安详地休息。

老朋友

老师从十三岁开始刻印，到八十三，整整七十年工夫，从不间断，少说也有万多方。

“但是，”他说，“称心者真的是算得出。刻一方印，像认识一个人，能够做朋友的，到底不多。”

“学无止境”、“气韵自然”是他老人家心爱的。最喜欢是“家在沙园”，以为失去，受赠的赵少昂先生近年在广州重得，老师高兴若狂：“这方印，刻时心情好，石头佳，刀顺手，才有奇迹出现，后来再三重刻想交回新朋友，怎么样也没有那个味道。”

最可惜的是一方“身经百战”，送了给黄文欢，不但印石不见，连印稿也遗失，老师摇头：“这好朋友去世了。”

病中，学生拿来一本张大千画集，刊登张之奖状，上有中华民国国玺之一“学典之玺”，是老师二十多岁时，全国征求印稿时被选中之作品。

老师微笑：“想不到你这老朋友也来看我的病。”

最后

惊闻老师入院，由远方赶回来，直赴病房。老师紧紧地抓住我的双手。

我们尽谈病好后，到新加坡开书画展的事。那天他老人家心情特别好，也很精神，吩咐一直在照顾他的大哥大嫂：“等一下姚鸿来，请他带个相机。我们来拍些照片。”

陈姚鸿医生在这几年勤向老师学习，师母和老师的病都由他来看，依老师所嘱，把相机带来。

我心中打了一个结，拍什么像呢？留什么纪念呢？

老师不大肯吃药，说：“又不要去看戏，买票子来干什么？”

言下之意为反正要去，不必做多余事。

学生姚顺祥兄回答道：“老师，把票子买了，去不去看慢慢决定好了。”

老师卧在病床上，手指不停地在动，他担心万一医好，双手麻木了的话，不能写字，和死亡不是一样吗？

“死亡并不可怕。”老师说：“怕的是身边的人痛苦。师母去世之前，我一直服侍了她两年，那种心情，的确不好受。”

他笑着望住我：“做人最好是横死！”

“这句话怎么讲？”我们惊讶。

“你想，一些飞机意外事件，乘客在没有时间思考和感觉之下就那么去了，多好？做人反正一定要死，我倒希望像他们一样忽然地离开。”

老师于一九八三年十二月七日逝世。

留下给我们，最珍贵的是对艺术和做人的态度：自然大方，学无止境。这些哲学好像要花几十年功夫才能钻研出来，但有了老师的熏陶，道理又是很简单。

先由基本做起，不偷工减料，便有自信。有了自信，再进一步去学习，尽了自己的力量，不取宠、不标新立异，平实朴素，就可以自然大方。我们脚踏实地，我们便有根，不用去问别人证明我们懂得多少了。那个没有后悔的感觉，是一个多么安详的感觉。

下等福

冯老师虽然逝世，老人家写给我的一幅字，却一直陪伴着我。

跟随过老师的那几年，令我对很多事情的价值观念有所改变，也让我明白了纯朴、恬淡是什么东西，享用不尽。

对人生附属的许多烦恼，老师教导我们如何地去摒弃，我们在老师处学到的不单是书法和篆刻，而是如何心平气和地活下去。

老师写给我的对子，我将之裱成一幅，以深蓝色的缎为衬底，老师说过："这颜色没有什么人敢用，但是裱起来很稳重，很大方，很悦目。"

对子以篆书：

"发上等愿　结中等缘　享下等福
择高处坐　就平处立　向宽处行"

上款题了“蔡澜老隶台喜书画，耽篆刻，随余问字，刀笔朴茂，尤近封泥，前途拭目以待，勉之勉之。”这几句话鼓励着我。

朋友问：“下等福有什么好享的？”

我微笑不语。

芳泉

Zagreb

Gelateria

米蘭之旅
OLIO D'OLIVA
CAMPAR
POMIDORO

九龙城万岁

二十年前，我监制了一系列的香港奇案电影，为了搭一堂鸦片阁的布景，要求极高的美术指导林茂隆说："我从来没看过人家抽大烟，怎么画得出布景图来？"

"你也没嫖过妓，就画不出娼馆？"我反问。

但是心里头，我还是想协助这位热爱工作的年轻朋友，便做了些安排。

首先查问哪里还有抽鸦片的，答案是九龙城寨里面。三不管地区，人鬼蛇神复杂得要命，怎能随便带他去看看？摇了个电话给一个熟悉的探长，他拍胸膛道："包在我身上，九龙城寨，我罩得住。"

我们一群数人：美术指导、灯光师和摄影师，约好了时间，进入弯弯曲曲的小路，来到一个抽鸦片的地方。

极平凡的民居，没有烟雾腾腾的感觉，和电影中出现的气氛完全不同。

“我在外面把守，你们尽管看，看完了叫我一声好了。”探长再次地，“放心，九龙城寨，我罩得住！”

户内的烟民，有些躺着，其余的坐在客厅里吃甜品和喝石斛汤，不是面黄肌瘦，个个满脸红光，有一位胖嘟嘟的秃头矮子，是我认识的餐厅老板。

他说：“抽鸦片，要是吃得好喝得好，偶尔来一下，并没有传说中那么恐怖。”

我不知应不应该相信他，既来之则安之。叫服务我们的小姐来两铺，所谓的“铺”，是一个小小的容器，像日本咖啡室用来装牛奶的东西，一粒荔枝般的大小。容器内便是黑漆漆的鸦片膏。

服务小姐拿了一支细长的签，蘸着鸦片膏后拿在灯上烤，热度下，鸦片膏像肥皂一样发出泡沫，膨胀为一个球形，香味传来。再把这个热球放进烟枪的小灯笼似的杯孔中，便能吸食。

过程中，美术指导林茂隆噼噼啪啪地用闪光灯拍摄下来。

忽然，外边传来一阵喧哗，是把守的探长和当地地痞讲不清楚，打起架来，罩得住探长变成罩不住，他大喊：“你们快点逃命！”

望着那根准备完成的烟枪，像一颗熟得快掉下来的仙果，哪肯放弃尝试的机会？我抓起烟筒，猛吸几大口之后把它扔下，和众人由后门跑掉。

一切杂声静止，景物在我眼前慢慢地飞奔而过。幽深的长巷，像无尽头。

当我跑出城寨，进入侯王道时，刚好是黄昏，一片金黄之中，带着高贵的紫色。我欣赏九龙城的每一个细节，感受长远的历史和传统，在我眼前出现一个幻影，龌龊的城寨已经铲平为旷阔的公园，人们在这里下棋和吟诗，文化气息，比巴黎的蒙马，较纽约的格林尼治还要浓厚。我爱上了她。

巨响，飞机降落，像快要接触到头顶。

今日，相同的飞机声中，我坐在茗香茶庄叹茶。

缘分促使我在这二十年来搬来搬去，都是亚皆老街、嘉道理道、又一村等地，离开九龙城不远。

六点钟起床，焚香沐浴，练练书法刻刻图章之后，散步二十分钟，便又抵达九龙城。

和报贩谈谈天，了解报纸和杂志的销路，走进菜市场看新鲜的鱼虾，再去茶庄喝杯茶，是我的生活的一部分。

茗香老板陈展兄拿了两个大红灯笼给我："恭喜你了，你被选为九龙城潮商盂兰胜会的副总务。"

以为是他们奉送我的三分薄脸，原来不是。数月前陈展兄说："你既然在这里经营茶叶的生意，盂兰胜会当然要参加，我替你报了名，捐一千块钱。"

一千名左右的捐款者名字卷成纸条，抛进箱中，兜乱之后由长者用筷子夹出总务和副总务。再扔胜杯三次，看看仙人反不反对，才决定下来的。

我不知这盂兰节副总务要做些什么，尽力而为就是，冥冥之中神明选中我，大概是看中我的PR公关潜力。

“你这么喜欢九龙城这个地方，不如去竞选区议员吧。”陈展兄取笑。

我对做官，不管古代和今时，一点兴趣也没有，政治和女人，我只钟情后者。对做官的总看不顺眼，曾经向高层者提出，不如在九龙城开一跳蚤市场，他们即刻打官腔：“事后东西乱丢，没人整理，厕所也是个问题。”

心中有气，要是由我主掌，一定在星期天先封三几条街，不让车辆进入，给无牌小贩在这里摆地摊。什么东西都能拿出来卖，包括自己的脑袋，出售新奇的主意。公园中有不断的平民嘉年华会，鼓吹绘画、音乐、文艺的活动。把雀仔街、金鱼市场都搬来。九龙城本身已经是个餐厅的麦加胜地，有数不尽的美食，但还要多开画廊、咖啡室、啤酒屋等，让所有喜爱艺术的人们集中在一起。摆地摊的人不必付租金，但有义务清理门前雪，再由生意做得较大的出钱，负责一排排的最新式流动洗手间。文化水平的提高，也使来此一游的人不随地抛垃圾。在这里，一切是平等的，自由的。

这是香港的最后一片乐园。

土台胞趣闻

虽然由香港飞台北只要一个多小时，两地之间有相当的隔膜，台湾许多事，在我们的眼中看来像似天方夜谭，如国会中经常打架，和选举狂热，都是事实比想象更为离奇。

政治我没兴趣，我喜欢看的是国际版中的外讯，出现无数台湾怪事，如果加以编辑，一定能成为一本可读性极高的畅销书。

台湾人分本省人和外省人，前者是一个可爱的民族，他们多数单纯和热情，奇闻也特别多。要分辨是不是本省人，看他们的名字就知道了，好像台北市市长，叫陈水扁，正常的父母怎么会替儿子取这个名字？可能是很爱吃鸭肉的关系，在台北有一家出名的店铺，开在西门町，各处也有分行，叫“鸭肉扁”。

曾经到过他们乡下去吃“拜拜”，所谓“拜拜”是当地神明的圣诞，大家庆祝一番，每家人都把好几桌的菜摆在门口，逢陌生人经过必拉他们来做客，越多人吃，这家人越有面子，今年生意一定兴隆。朋友与我大吃四方，醉饱到不能上路，这都是事实。

将事实写为剧本拍电影，必然给观众骂死，但是以下记得的数则新闻，皆由通讯社报道，千真万确，有根有据：

战后台湾经济起飞，中东局势紧张当年，台湾人抢购黄金，每天买八百公斤。尤其是土生土长的农民更加富裕，暴发户心态即刻产生，先从吃讲起，他们食尽山珍海味后，最时髦的是吃热带鱼来显示自己的财富，供观赏的黑云鱼，吃一客要二千港币，面不改色地食用，令外国繁殖热带鱼的商人咋舌。

海鲜中以“龙肠”最为珍贵，是一种叫做翻车鱼的鱼肠，这种鱼样子没头没尾像个大轮胎，日本人也极爱吃，它的肠又大又长，是动物肠中最脆最可口的。烹饪以炒为主，客人在海鲜店外排长龙等吃这种肠子，一小碟也要卖到港币二千，还时常吃不到呢。

这些耕田的人也养猪，嘉义县大林镇一名姓王的农民家中母猪生了十二只小猪，他在小猪满月时发弥月帖，请亲戚朋友来喝酒以表示人畜兴旺。转折点是朋友们都以为他在开玩笑，结果席开三十六桌，只来了两桌。

当然生小猪之前农民要负责让公猪母猪交配，另一彰化县姓陈的人选了黄道吉日准备繁殖时，发情的母猪不肯就范，鱼水不交欢，六亲不认地往陈某的小鸡鸡大咬一口，剧痛之余，由其妻陪同去彰化基督教医院急诊。经检查后发现只是阴囊及海绵体受点伤，但因此处是行周公之礼时的利器，为慎重起见，医师替陈某进行整形手术后，未来不会影响其夫妻生活。

猪是本省的好，狗却是外洋的佳，台湾人的崇洋心态祸及畜牲，拼命入口外国狗，弄到有黑黄虎斑的纯种狗快要濒于灭绝，全省只剩下五十头。这下可好，本省人反过来把这些被认为一文不值的宠物捧上天，现在台湾土狗要卖到过百万台币一只，合我们三十多万。

有了钱不免附庸风雅一番，文学艺术不懂，买块肥皂擦擦身总可以吧。一种我们听也没听过的英国产品叫“瑰珀翠”的，一盒六块，售价一千港币，台人争购不手软。

他们书读得不多，当然想儿女成龙，故产生了“胎毛笔”现象，大部分人家会将刚出生的婴儿头上所长的胎发剪下，然后送去请专人制成毛笔，却舍不得使用。胎毛笔是专门拿到孔子庙膜拜的。他们相信古时进京考状元，都带胎毛笔，故又称为状元笔，可以辟邪，为子女消灾解厄，带来好运云云。

较上等的胎毛笔笔杆由象牙制成，一对平均要两千港币；次为牛角杆，减一半价。而一个婴儿的头发最多可以做五六支不等。有的幼儿毛发稀少，仅能做一对小楷。

不是每个土台胞都有钱，歹徒也计算错误，一名国小刘姓学童放学后，被人掳走并向刘家勒索一百万港币赎人。但刘父在电话中表示很穷，没有一百万，连一千块现金也没有，生活已很困难，家里还有四个小孩，如果想要请来抱。歹徒闻言后随即挂断电话放人。

生老病死和结婚都是人生，本省人喜欢在喜宴和葬礼中邀请歌舞团来表演脱衣舞，当时“行政院长”郝柏村认为不仅伤风败俗，也是“国家的耻辱”，下令轻者罚款，重者触及刑法。警政单位应依法取缔。但是做警察的也有乡下人，自己的婚礼曾经看过脱衣舞，睬它都傻，到现在的葬礼婚宴还是有得看。

郝柏村也是一个极讨厌抽烟的人。他在接见反吸烟组织时，表示依他个人意见，“总统”牌香烟以“国家元首”偶像当香烟名字极不恰当，说下次“行政院”开会时要提出讨论。而且他大力支持废除军中配给香烟的制度，总之什么烟都要禁。

台湾最受民众欢迎的香烟其实不是“总统”牌，而叫“长寿”。香烟“危害健康”举世皆知，烟名“长寿”，才是贻笑国际。

台湾美人极多，来香港捞过界的就有林青霞、王祖贤和吴倩莲等。在人口的比率上，女人比男人多，桃色新闻，更无穷无尽……

在台湾，已婚男子如果在外面有女人，本身无罪。但是可怜的情妇却会受到“妨碍婚姻法”的指控。警察整天为这些事而忙个半天。

一个男人在行房时太快乐中腹上死，把那情妇吓得魂飞魄散。被拉到警局，她哭哭啼啼地认罪求饶，反而是元配夫人通情达理原谅她，拍拍情妇的肩膀安慰她。

警方调查另一件案子，发现一个刘姓男子在三重市某餐厅认识了女侍应，交往甚密，刘某为了避免太太疑心，前往餐厅时总把小儿子带去，说是去锯牛排。哪知道这个小子不争气，反而出卖了老子，向母亲告密说爸爸和阿姨睡觉。结果太太报警闯入女侍应闺房查获，刘某发誓从此不再请小坏蛋吃大餐。

法院经常可以看到缘尽的夫妻提出离异的指控和辩词。大腹便便的姓赖妇人告她先生精力过剩，几乎每天要求行房两次。陈姓丈夫却指她外头有男人，而且他们已经没有房事两年，现在肚子里的孩子肯定不是他的，应该要求离婚的是他才对。对丈夫的指控，太太力辩说事情是这样的，她被先生冤枉，羞极之余跳海自杀，获救后全身赤裸，莫名其妙怀孕，也不知道孩子的爸爸是谁。结果如何，外讯中没有报道。

台湾青年都要当兵，父母爱惜儿子，常把钱藏入他腰带中，供放假时召妓。金门防卫都“特约”了一些茶室俗称“军中乐园”，让阿兵哥寻欢。下午二时不到，几辆的士陆续到达，阿兵哥受过训练当然纪律良好，他们自动整齐地排列成队，准二时大门打开，便拥入茶室。先在柜台购票，然后依序坐在门外等候。

“军中乐园”的收费并不便宜，一般士兵以七分钟一张票计算，卖港币一百元，超出时间要补票。

当天轮休的女侍太多，只剩下三位小姐挂牌上班，柜台已卖出几十张票，为怕“负荷不了”，茶室限制票数，迟来者只好向隅。好笑的是阿兵哥为了效率，在排队之余已经迫不及待地开始松鞋带，解裤头了。

脱衣舞院在台湾被称为“牛肉场”，也不知出自何典，大概裸女都像刚刣的牛肉，血淋淋地被挂着吧。近年被色情录像带抢了生意，观众日渐减少，只剩下老头子光顾。外电新闻说台北市各牛肉场纷纷在节目进行中，推销预售票，买了之后便不怕阿伯们不前来。牛肉场为吸引更多买主，赠送“刮刮乐”彩券，用硬币刮去表面，号码呈现，中奖者赠品有按摩器、金表、电子闹钟等，大奖的幸运“儿”可以当场任意挑选一位歌舞小姐出场一宿。台湾老土佬多受日本教育，影响极深，学足日本老人。当脱衣舞娘打开双腿那一刹那，合十膜拜。

台湾迷信者众多，在台北的云子宫二十四小时中，参拜者源源不绝。佛教团体收到献金后也常做些慈善活动，但是有大被同眠习惯的“一贯道”就没听说过做什么好事。

有一个借一贯道为名做一贯道道主，诈财骗色。他自称是皇帝转世，蛊惑数十名女信徒任他玷污。警方破获他的神坛时起出大批催经素、验孕剂、抗生素等，并发现十几个私生子女，办案人员怀疑都是他和女信徒生的。

信徒加入神坛后便要称之为“第一家庭”，奉献金钱财物后可以作为赴极乐世界的“买路钱”，他骗了一千多万港币，出入奔驰，手戴金劳。最好玩的是女信徒要与他结为夫妻，不过只限于二十岁以下的，二十岁以上者分给他的干部，这家伙真会享受。

台湾色情、宗教的荒谬之外，免不了赌。目前最大宗的赌博不是赛马赛车，而是鸽子。

台湾据赛鸽业人士表示，目前赛鸽彩金在港币三千万元以上。

参与者为了让鸽子早些到达目的地，让鸽子搭飞机，抢先飞到终点周围的机场，再放飞抢先抵蓬莱赢取奖金。有些人还研究赛鸽的习惯，在鸽子飞翔航程上依山线、高速公路或海岸等要地截捕对手的赛鸽。

鸽子需饲一年半载外加以训练，才能成为赛鸽，投入的精力和金钱相当可观，有一次我在台中的餐厅吃烧乳鸽，上菜时还看到它脚上有一个参赛记号的铁环。朋友说这是在中站用工具一网打尽后BBQ（烧烤）的，这几万港币一只的东西，是我平生吃过最贵的乳鸽。

不但一般人好赌，名作家高阳也是位赌徒，台湾与香港的六合彩，高阳有次由台湾打电话给倪匡，问香港下期的六合彩是多少号，一问了马上通知他。倪匡问为什么？高阳回答说你们外边消息快，看开了什么我在这边就买什么。真是天真可爱，开赌局的人也会用电话呀！

不过怪事并非台湾人的专利，世界各处都有。在台湾选举省长的当天，香港报纸大篇幅地刊登了蛇王捉蛇反遭噬伤消息。长沙湾道的一个女户主于睡梦中突感异物爬过脸部惊醒，赫然是一条蛇，报警求助，蛇王到场徒手擒蛇，一时不慎惨被咬伤，为泄被噬之恨，愤然将蛇痛打一番云云。

最有趣的发生在印度，一批怕妻如虎的男子举行控诉大会，正在摩拳擦掌声称奋起反抗恶妻迫害之际，立即遭受闻风而至的老婆们“柴台”，破口大骂，并以臭鸡蛋、西红柿及拖鞋作武器，迫使他们落荒而逃。

每天阅报，总是两岸间互骂或是波斯尼亚开炮，闷死人也。略为注意这些有趣花边，日子好过一点。

台北理发厅

打开台湾报纸，大报如《联合报》、《中国时报》，都堂堂皇皇地登着理发厅招聘按摩女的广告。密密麻麻地占了全版。可见他们的理发厅事业是何等地庞大。

广告中除按摩女，还请洗毛巾的小妹，怎么这么麻烦？连洗毛巾也请专人？

走进理发厅，你就明白这个道理。

通常是一间小房，有张理发椅和两个电视机。按摩女郎一来到，第一招就是用热毛巾来敷你的颈项。一条又一条，不要钱似的，冷了即换，一用就十几二十条。中途、最后，都有同个过程，另用毛巾擦身，按一次摩，最少用一百条以上，她们称此程序为“热敷”。

为了避免热毛巾弄湿你的恤衫领子，理发厅中有睡衣让客人换上。

理发椅是张宽敞的、像沙发一样的东西。把背部倒下，在腿部按上一块垫子，便是张小床。

客人前面的那个电视机可以看节目，或放港产的新片子，当然是海盗版本。后面的电视机无声，画面上打着几号几号听电话等等字句，不干扰客人。听到一阵欢呼，原来今天已经客满，按摩女郎说："近来不景气，还是这几个月来第一次客满。"

由颈部的"热敷"，进入手部的按摩。技巧是掺杂了日本的指压和扬州式的古法，另外有台湾独特的一套。以使劲见称，除非叫她们轻一点，不然她们力道很大，多受力的客人都感吃惊。

按摩手部之前，她们在你的枕头下放了一袋东西，原来是日本人发明在寒冬保暖的热袋。只要揉擦数下，便不断地发热，令"热敷"自动地延长。

这时进来另一名妙龄女郎，她为你脱了袜子，用一大盆水把你的脚浸进去，盆中有大堆沏开了的茶叶，以茶叶和她柔软的双手摩擦你的脚。

洗了好一阵子，用热毛巾擦干之后，男性的技师走进，以薄刀为客人削去厚皮及修趾甲。

修脚师傅走出，换来的是位少妇，她把一副机器推了进来。一开开关，蒸汽便向你的脸上喷，她说蒸汽能把你面部毛孔打开。

然后以带着粗粒的脸霜大力地在你脸上摩擦，这是洗脸的过程。用热毛巾擦干，她开始仔细地视察你脸部的每一寸方位，见多余脂肪或所谓“粉刺”，也叫“黑头”的东西，用支吸管，开动马达，大力吸去。吸不掉的，她便用指头挤。完毕之前她推推你，要你睁开眼睛看着被她挤出来的黑点和黄点。你真想不到天天洗两次脸的人，还会有那么多的污垢。接着她为你刮胡子，原来剃须也是她的责任。再以清洁脸霜洗一遍，便用支像油画笔的笔在你脸上涂一层薄膜。你感到一阵冰凉，大概是来自薄膜膏中的薄荷。之前她会用几条湿纱布盖住你的眼睛，不让膜膏沾了进去，做至此，她告诉客人回头再来，便退出。

按摩女郎已经把手部做完，开始按摩客人的胸部和小腹，她说这是为你做运动，当然再用热毛巾擦一番。

又是一位陌生面孔的中年人走进来，他是为你做脚部按摩的师傅，用的是若石神父的那一套，但不以木棍按，而是用他指节上长着的厚茧。先涂上润滑乳剂，然后大力地按，要是客人痛得哇哇大叫，他便会将力道放轻，不过，他说太轻不是那么有效的。

在他按摩脚部时候，十七八岁的小姑娘前来修指甲，分散你痛楚的注意力。先把手指浸在热肥皂水的盆子里，等指甲和缘着指甲的皮柔软，再用细剪修甲，又以小铁铲铲开甲皮。开始把多余的厚皮修掉。修甲之前，又涂一层薄荷软膏。

指甲修好，以小刷蘸摩擦膏磨之，像擦鞋之前涂上鞋油，又似地板的打蜡，弄到十指像点着电灯发亮为止。

这时按摩女郎已经按到大腿，一般的日本指压和扬州技法都有一招是按着双腿近生殖器部位的大动脉，一按就五分钟以上，手一放，血流冲畅，令人感到有一股热气流入丹田的感觉。但台北的按摩女郎用另一个新招术，是以十指不断地刮动脉穴道，热气不是一般，而是像波涛拍岸似的一阵阵冲击，这新招可以暗暗记住，练习后施几道散手给人家看看。

面部按摩的再次走进，掀开面膜，据说是有把毛孔最深处的余垢清除的功能。不管是否有效，一照镜，当然脸也似镜地光滑。

这时按摩女郎把客人翻身，做踩背。你如果不喜欢，她便只用膝盖头为你按压。

终于，大功告成。

整整的三个小时，一眨眼便过去。

朋友为我埋了单，我好奇一定要追问是多少，算起来一切费用港币一千元左右。小费呢？要给若干，朋友说只给那个按摩的女的，两百台币。天呐，三七二十一，才七十港币，朋友说她们已经大喜。

比较起来，香港的芬兰浴实在骗人。不过，话说回来，台湾女人多，不值钱。

听说要是喜欢，也可以像舞厅钟一样替按摩女买钟带出去宵夜的，费用多少，我没试过，不能奉告。

也有人说台北理发厅中可干色情玩意，但是台北娱乐场所数之不尽，不至于弄到要上理发厅才找到女人那么可怜吧。

走出理发店，全身轻松啦，才记得，根本没有理过发。

常山之旅

一、起飞

在柳和清先生与太太王丹凤的邀请下，我和他们到大陆一游，直飞杭州，前后三天多一点。

临行，带了一本明朝笔记，张岱写的《西湖梦寻》这本书已读过数遍，这次又可重见西湖，更得重温。

我们此行是要参加常山的工厂开幕典礼，以及考察山茶花油原产地。我对杭州，羡慕不已。抱了很大的希望：在工作之余，踏上张岱笔下的西湖十景。

收到柳先生送来的机票，是“东方航空”，心中起了一个疙瘩，为何不乘“港龙”？我心问。

机场中，柳先生介绍了另一位同往的朋友玄鹤子朱鹤亭先生，此君在《东方新地》有数页的专栏，脍炙人口，记载替人治病经历，也是位道家的气功大师，并精通武术、命相和风水学。

启程班次时间的大电子板上，“东方航空”的 Mu 504 次班机的入闸门号一直没有打出来，心暗叫不妙。把思潮转移在这个 Mu 上面。通常航空公司都以名字的首个英文字母代表，比方说国泰 Cathay，是 CX，新航 Singapore Airline 是 SIA 等。而东方航空 China Eastern Airline 应是 CE 才对，为什么按上了 MU 的“哞”？听起来好像牛在叫。

不出所料，中午十二点半出发的飞机，改为下午一点四十五分，迟了一小时十五分，理由用英文打出：因为到达的班次延误了。

唉，轻叹了一下。我带他们三位到离境的“世界之窗”去吃中饭，很多人只知点大堂的快餐，不晓得里面有一个更舒服的，中、日、西餐皆备的饭堂。

每人要了一碗日本中华汤面，炒碟小菜，相谈甚欢，那一个多小时并不难挨过。

王丹凤女士身材娇小，虽说岁月已留痕，但在脸孔上重叠了她主演的许多电影的影子，觉得她年轻，看到我在抽烟，她并不反对。

“我演过一部叫《青青河边草》的戏，那是《魂断蓝桥》改编的，我演那个妓女，是要抽烟的，差点把我呛死。”她回忆。

我不断地看出发时间，好家伙，一点四十五分出发的改为一点三十五分，竟然早了十分，但是到了可以进闸时间，不但不是一点四十五，已快两点了！

在飞机舱中，我想好歹总算快飞了，便安心地看机内的报纸，只有薄薄的两份《人民日报》和《文汇报》，前者有段记事，大肆批评国内航机误点，好极了，由党报自己来批评省得别人费事。

飞机迟迟不飞，以为是跑道忙碌，后来由空姐报道：在广州的计算机坏了，再要延期一小时才出发！

一小时之后，又再一小时的等待，我真不懂广州的计算机坏掉，干启德机场上空屁事。年轻时，我老早鼓噪了，但是我已经进入“知道吵闹也没用”的阶段。既来之，则安之也。

值得安慰的是东方航空很会做生意，叫空姐宣布小卖部开始营业，我买了白兰地，干了起来。

“不如乘这个时间教我气功吧！”我向玄鹤子说。

好，他欣然答应，说本来不是什么玄妙事，给别人故作神秘地形容成复杂的功夫。

“气功便是呼吸，把呼吸控制，带动血液循环，就那么简单。”他解释。

我无心听理论，催促他快点教实际。

但玄鹤子又分析；气功可以站着做、坐着做和躺着做。说完，他才开始指导。

早上最好先做站功，面向着太阳，舌头顶着口的上腔，用肺部呼吸。双手低垂伸直张开，吸一口气，慢慢地将双手提高，提到和眼眉齐排时，双手转动，掌心向下，把气慢慢呼出，直到双手降到原来的位置为止。

我实习了一次给玄鹤子看，他满意，开始教坐功。

“坐功最好在中午或下午练，办公室里可以练。坐着，这次不用肺呼吸，要用丹田呼吸。”

用丹田呼吸，说得容易，好在我从一位老和尚处学过吐纳，会用丹田。丹田是在肝脐下的一根手指到四根手指方位的小腹。

男人用左手，女人用右手，轻轻按住丹田，慢慢地捧上，吸一口气，慢慢地压下，呼一口气，便是坐功。

坐功的第二个步骤是用右手的拇指按着左手手腕右边的穴位，拇指顺着时针转，吸一口气，逆着时针转，呼一口气。

卧功可以在入眠前躺着做，同样是男人左手，女人右手，按着背，部位恰与丹田相反。吸一口气，放松手掌，呼一口气。

“完了，就那么简单。”玄鹤子说。

一面喝酒，一面重复地练习后记牢。玄鹤子还说返港后教我一套太极剑术，这可把我乐了。幻想学会之后，坐长途飞机，等到太阳上升时，把报纸卷成圆形长筒，当它是一把剑，在座位走廊中舞动，姿态优美，一定羡煞机上的鬼佬。

不知道是酒精的缘故，或是我这个学生乖，坐功练呀练呀，发挥了作用，我呼呼地入睡。但临睡之前，我知道这班叫“哞”的五〇四号班机还没有起飞。

二、路上

抵达杭州，已是晚上八点。比东方航空迟开的港龙班机，已在数小时之前着陆。

腹饥如雷鸣，工厂方面派行政人员何太太前来接机。她亲切地说："先吃饭去吧。"

"不如到常山才吃。"我天真地说。

"到常山？"她翘眉："要坐六个小时车哟。"

我一听差点昏倒，别说游西湖已经泡汤，六个小时车？年轻时坐十几个钟头也不怕，到这把年纪，恐怕不到目的地，老骨头已经散了。

又记起既来之则安之的古语，学粤人说，顶硬上吧。

好在何太太说："我们先到个体户去吃东西，比国营的好。"

以前的大陆经验，对个体户的餐厅，无论在招呼和价钱方面都有信心。

"不过地方龌龊了一点儿。"她预先声明。

大虫吃小虫，怕什么？又有老酒消毒，只要好吃就是啦，我说。

进入餐厅，等菜上桌前我溜了出去。工作上坐长途车看外景是常事，但要有东西喝，最好还是有多种零食，才不单调。

在百货公司买了各类饮品、酸梅、山楂、桃干等等蜜饯，商品名字都叫"九制"，自从"九制陈皮"成功之后，好像所有的东西都要九制，到底九制是哪几层过程？有机会倒要详细问问。大陆简体字，写成“九制（製）”，是哪九种制度，或制服？像他们把麵字作面，面子有什么好吃？

回到餐厅，七八碟菜，没一个有水平，最后哀求来个杭州出名的“东坡肉”试试，也马马虎虎，粉碎了个体户较好吃的神话。

上了那辆七人座的Van仔，他们叫“面包车”的小巴，想起即将面临的岁月，又打个寒噤。

“这条小路正在修。”何太太解释。

简直是火上加油，各人强忍。

不可能吧，不可能颠抖得那么厉害吧？但事实如此，车子在凹凸不平的路上飞奔，我们的五脏都被震得移动方位，刚吃下去的东西差点没从口中喷出。

这段路修完下段路又在修，一小时过去，没有停过震动和跳跃。

“还要多久？还要多久？”玄鹤子朱先生不断地问。

“还要九小时。”我回答。

朱怒看着表：“已经走了六十分钟，不是剩下五小时吗？怎么还要多出四个小时？”

“不如想多十个小时，就会早点到达。”我安慰。

其他人听了不以为然，向我瞪了白眼。

我即刻拿出大量零食让大家息怒。嘴巴有事做，便不劳气。

又开了一瓶白兰地，心想越快“干掉”灌醉自己越好。

酒是醉了，但刚阖眼又被震醒。大陆司机是右边开车，我坐在他的后头，见他不停地爬过线起超车，迎面来的大啰哩喇叭巨响，眼看就要撞着，怎能入眠？

想起友人韩培珠在安徽遇车祸，这种情形分分钟会发生在自己身上。这次旅行，名副其实地冒着性命危险！谢天谢地，怎会有那么凑巧的事？

刚说没完，砰砰碰碰巨响，前面三辆货车迎头相撞，停下车，走前去看，司机还被困在车内。

大家七嘴八舌。山旮旯地方，去哪里报警？又不是人人有手提电话，离开最近的小镇，也有七八十英里。

“这次完了，天亮都不知道到得了到不了常山！”朱老看见所有车子都堵在一起又在嘀咕。

本来想“安之”的，是安不成了，我也开始急躁起来。好在我们的司机机灵，大货车走不过的空隙，他七钻八钻，杀出一条血路，向前冲去。

“载我去报警！”那个遇事而没受伤的司机不管我们同不同意，已跳进我们的“面包车”。

救人是天职，我们当然不会拒绝，一路送他到了一个站岗处让他下来，他谢也不谢地走了。

“还要多久？”朱老又问。

“十二个小时。”我回答。

大家已疲惫不堪，昏昏睡去，我一路和司机聊天，他指着左边，说那是富春江。黑漆漆地什么也看不到，我想到了郁达夫的故乡，也像看到一尾肥大的鲥鱼，富春江的江水和海水交界处，鲥鱼最为肥美。由脑中吃了一口，送送酒。

车子一路飞奔，经过几个小镇，问司机说有没有夜市，他摇摇头，见到一两个路边档，正是卖热腾腾的水饺，我要求下车吃，司机又摇头："脏！"

"不怕。"我抗议。

"这一带有肝病。"他威胁。

我只好屈服。

再不知道经过了多少正在修的路，有点微光，司机停车，我跟着他走到一片无尽头的原野，拉开裤裆，拿出家伙，就地解决。抬头一看，满天星斗，在香港是难于想象的情景，这是拉尿拉得最痛快的一次。

继续上路，酒精又发挥作用，朦胧之中，我知道我还没抵达。

三、山茶花油

到常山，已是深夜三点。

何太太带我们到一家小餐厅，大力敲着铁闸，拉开，店主肿着眼皮地欢迎我们进去。

"就在这里吃吃夜宵。"她说。

他们把宵夜说成夜宵。只要有东西吃，管它夜宵还是宵夜。

三更半夜地叫人家做生意，显然地，这里是何太太的地头，颇有办法。

桌子上已摆了几个小菜，可能是原本准备给我们吃的晚餐，有辣萝卜、酱瓜和炒芹菜等，都已冰冷。不管三七二十一，拿来送酒，但已所剩无几，恨不得把空瓶当成湿布来绞，看看会不会多出数滴。

过了半小时，蒸好的肉馒头和滚烫的稀饭上桌，大家糊里糊涂地吃了，再乘车到旅店。

“白龙宾馆”比想象中好，我是贵宾，给我那间是有个大厅连着卧室的总统套房。簇新的旅馆，地毡已破旧。想洗澡，水冰凉，就放弃这个念头，床单被单是干净的，一倒下便睡。

两小时后约六点钟起身，九点还有一个记者招待会呢。

学朱鹤亭先生教的北京气功，一呼一吸，果然有奇效。血液循环，全身发热，寒意打消。

往外蹓跶，常山的大街上已有多档小贩卖菜。到处有横布条，写着“热烈欢迎柳和清、王丹凤一行”，原来我在这里也有名，我是“一行”嘛。

菜市的蔬菜、鱼和肉，种类单调，变化不多，无甚看头，折回宾馆。

早餐和数小时前的夜宵菜色相同，又吞了一个肉馒头，我从和尚袋中拿出由香港茗香茶庄带来的“红印”普洱，嘱服务员沏了一壶请在座各位。入口，啊，是人生一大享受。正要闭目做感叹状时，看到当地友人皱皱眉头，他们问这种又有霉味又黑漆漆的汤水，是茶吗？

记者招待会倒不冗长，一下子完毕，常山人已会节省时间。厂方请了六位美女倒茶水，她们都穿上同样的黄色上衣，黑裙子，一条红色布条挂在胸前，写着祝贺的字句。

接着便是参观工厂了，“面包车”中已坐满了人，那六位美女嘻嘻哈哈地挤了进来，站着同往。我一点儿也没绅士风度，不让座。

路上，农民不知死活地架着拖拉机改装的车辆冲了出来，“面包车”司机立刻刹车，六位美女葫芦般滚地，撞到车厢铁皮，发出巨响。司机停也不停地赶路。美女们的丝袜擦烂，膝头乌青流血，吹好波的头发蓬松，但她们若无其事地爬了起来继续站着，要是香港女子，早已横卧红十字车中。

已看到工厂了，三面环山，朱老说风水特好，一共有几万英尺大，是从前的军用贮粮库改装的。

炮竹声中，进入厂房，看到现代化的炼油机，真想不到深山中有那么完美的设备。

提炼出来的山茶花油，纯洁无比，气味香，我们都恭喜柳先生夫妇和当地的厂长、省长、副省长、县长、副县长、市长、副市长，当然，各个部门，都有一位书记。

接着车子载我们到山上去看山茶花园。一望无际，数十万株茶树，都是野生的，乡民由这大自然的资源中采取果实，榨出原油，卖给工厂。

看乡下的采油过程，是这次旅行的高潮。

环境幽美的山村中，这里一家那里一家的小屋，传来咚咚的巨响和村民的歌声。

渡过一条小溪，我们走进村屋。远看很小，走进才知道很宽大。

一箩箩的山茶花果籽，样子很像天津炒栗。屋中有个巨磨，劳动人民用磨把果籽压碎。

主角是榨油机，由两块四平方英尺的巨木做成，像个古时候锁着犯人的刑具。两木之间，拴进了多条木棍，木棍末端镶着铁。由梁上挂下的大绳绑着另一条木棍，农民们抓着它，有如和尚敲大钟，把木棒一条条地打进榨油机中，茶籽的油一滴滴地压出来。

另一个大型锅是用来炒茶籽的，冒出烟雾。

从门口射入的阳光，在烟中造出强烈的线条，映在身材瘦长的榨油的师傅背上，师傅一面咿呀嗨地唱着父母教下来的单调歌曲，一面大力地把铁棒打入榨油器中，这个古朴的画面，不是任何电影或广告能够重现的。

榨出来的油有点渣，味浓香，我用手指点了拿近鼻子，并没有花生油和粟米油的油腻和难闻。见到村民在采油过程中手蘸满油，但不浪费地往脸上抹，也依样学了。皮肤很快地把油吸收掉。

再仔细观察他们的面容，非常润滑，没有一般农民的龟裂。他们一年三百六十五天，都以山茶花油煮食和洗头、梳发。

“这个村有多少人住？”

“千多人。”榨油师傅回答。

“有没有心脏病、高血压和糖尿病？”

师傅笑嘻嘻地：“什么叫做心脏病、高血压和糖尿病？”

也许乡下人不懂得这些名称，副县长取出当地医院的病例统计表，以上病症率是零。登记的多是牙痛罢了。

答谢村民的款待，和他们握手道别，发现他们的手并不粗糙。

走了出来，身后继续地传来歌声、敲撞声和巨磨的隆隆响声……

四、起飞

隆隆声中，我们已经坐在火车中，踏上归途。

想起那条崎岖车程，死也不肯重蹈，趁常山县的大人物都在场时，问有什么其他交通工具？

由常山搭一个小时车可到衢州，那里每个星期有两班飞机去杭州，但日子不对。火车呢？“有一班由厦门开来的，黎明二点抵达衢州，再乘六个钟便可到杭州。”县长回答。

这可好，我们一行都举手赞成，虽然加一小时“面包车”到衢州和六个钟火车到杭州，也总比那条永远在修道的公路好，就算要清晨四点起床，也是值得。

“可有软铺？”王丹凤女士问。这几天她接受了好几个电视“电台”报馆的访问，又为当地人签名签到手软，瘦小的她，是疲倦了。

行，县长回答。但是衢州是中途站，现在人民生活渐佳，高干又多，所谓的软铺就是头等，一定给人家订光的呀，我疑问。

摸黑到车站时，看到站长正在指挥一辆为我们特备的软铺车厢，用詹天佑钩挂在列车尾部。我们都拍掌。

乘车开出前跑到火车站外的婆婆处，买了很多个茶叶蛋、糯米饭和大肉包，其他人尽笑我只为吃而来。

车厢是宽敞的，比东方快车舒服，上下两排睡铺，一共乘四个人。

行李放在什么地方？柳和清先生熟练地找到门框边一块踏脚的铁片，把它翻下来，便爬到顶上的床，再把包裹一个个地装进床边的行李箱中。他六十多岁人，还是那么灵活，禁不住赞他。

“都是托文化大革命劳改的福。”他笑着。

柳先生有一个本领，那就是能把所有不愉快的事变成笑话来说。

火车可以看风景，又能吸烟走动，还有食堂车厢。车长说替我们准备面食，柳先生胃口好，等不及面，又看到久未尝试的糯米饭，连吞数团。

我又开瓶白兰地，看到窗外的个体户食堂，想起在常山的那间，我们一共在那里吃了三顿饭，最特别的是他们又红烧又炖汤的山瑞，包你没吃过，只有杯口那么大，叫做“马蹄鳖”，肉质幼细得不得了，运来香港卖，发达了。

服务员进来冲茶，记得家父六十年前乘这条线路时，伙计冲茶，远远地拉成一条水柱，冲得玻璃茶杯中茶叶和菊花不断地打滚转动，车厢摇着，一路上菊花飘上又沉下，印象深刻。但是今天的火车中，已无此情景，只有再干白兰地。

经过金华，当然乘停车的十分钟赶去看火腿。

“有没有狗火腿卖？”我问。

根据传说，在金华，每二十支火腿之中，腌一条狗腿来吊味，我想这只狗腿一定很好吃。

售货员看看我，以为遇到白痴，不瞅不睬。

买不到狗腿，猪腿照杀，买了几斤上方，火腿最好的部分，还有一包即食的火腿干，很硬，但非常美味。

慢了半小时，十二点车抵杭州。这次为什么要赶那么早的火车，其中一个原因是还有半天时间可以游游西湖，翌日一早便要搭飞机返港。

到一家柳先生童年试过的著名面店“奎元馆”去怀旧，卖的是过桥面，即是一碟菜和一碗面，有种种的选择，但是味道已变。为了不令柳先生太伤心，连忙说好吃好吃。

吃完游西湖，杭州市内，任何一个方向，都能徒步到西湖。

当天天阴，雾又浓，什么都看不到，朱老没来过，见情景有点失望，我说西湖是西湖，任何时间来都好。

乘上小艇，艇家坚持要划我们去三坛游览，其实这个岛是西湖最丑的地方，但也顺他意，最后大家失望不出声。艇家再带我们到苏堤，这本是很美的，苏东坡建的东西绝对错不了，但是现在加添了一辆现代化游览车，像一列迪斯尼乐园的假火车，大煞风景。

还是“平湖秋月”上的那条马路风景最美，两边杨柳西斜吹着，仙境也。连朱老也感动了。毛泽东也来过，他说：“可惜都让死人霸着。”接着的你猜到了，所有历代名人书法石碑古迹都被破坏。

晚上，由我请客，到友人介绍的个体户，吃了十几种地道杭州小菜，但都不如香港天香楼，特别点的是鱼米，即是把鱼丸做得像米一样小，炒成一碟。还有黄泥螺，很鲜，不咸，壳中着大量的春，难得一试。抢虾是用醋和绍酒浸的，中间加了酱油罢了，没有从前试过的腐乳酱，大叫不如，把虾肉吸了，剩下还会动的透明空壳，在碟上排成圆形的一圈。侍者看了不敢敲竹杠，一桌菜只收五百五十块人民币罢了。

翌日六点赶去杭州机场，东方航空又迟飞，在机上无聊，又和白兰地为伴。

闲不下来，问玄鹤子朱先生：“你们道家，对房术也深有研究，有什么好东西教教我？”

朱老年六十，大胡子，但为人天真无邪，像顽童一样地在我耳旁："有，只要在快要射精时，将肛门收着，一共收缩五下，便可以持久。"

转移目标，分散注意力，不是没有道理的。

即刻是没有机会试了，只有练朱老传给我的坐气功。

练呀练呀，酒精又发生作用，迷糊之中，知道还没起飞，思想回到香港出发时在机内的等待。我们还没有起飞……

♨

凡是看到这个符号，在日本，就是代表此处有温泉。

各种旅行宣传品中，拍出来的温泉照片，都是引人入胜的，有的在枫叶树下、白雪之中，竹篁绿影、茗牙茶花一片，烟雾迷离里看到裸着半边乳房的少女，忍不住即刻前往。

温泉更能治病，什么风湿、皮肤癣、关节炎，一概有效，神奇得不得了。

远离市区，到温泉总得坐上两个小时以上的火车，再转巴士或的士三十分钟。若包私家车去，遇到交通阻塞，也要数小时。抵达温泉区，已筋疲力倦。

抬头一看，哪有乡间幽静小屋？巍然屹立着魔鬼般的二十六层建筑物。房间数百上千，吞噬着一团团的观光客，这就是你预订的温泉酒店了。

人堂通常陈设一古武士的甲胄，一看就知是塑料做的仿制品，到处还布置香港人造花，俗不可耐，喧哗的人客穿梭其中。

左一角右一头，尽是些卖纪念品的商铺，硬如石头，咬了崩牙的草饼、吃一口便须喝数加仑水的咸萝卜、酸得能够穿肠的梅子、圆头棍身的木制公仔，毫不实用，只能拿来敲丈夫的头，等等等等，价钱比外面的商店还要高出数倍来。

街头战士游戏机，发出破坏气氛的机械巨响；另有蒙面超人和叮当的古马，一群小鬼博命地摇着，想把它摧毁为止。

还是快点走进房内换衣服入浴吧！

身穿酒店供应的凉衣，一走出，见前后左右的客人穿得都一模一样，要找走失的丈夫和老婆，是件难事。

大酒店中，穿山越岭，通过无数的走廊，才到浴室。

宣传品照片中的露天风景呢？隔着大玻璃窗看见远山罢了，一点也不露天。像运动场游泳那么大的浴室，跳进去又弹出来，水热得能白灼男女，搞不好连小弟弟也烫出泡来。

周围都是骨瘦如柴的老头，头上顶着浸了冷水的布巾。闭着眼睛唱军歌，年轻时是否为侵华部队？

回房，地面是光秃秃的仿石板，岂有稻草味的榻榻米？床也是西式的，小得顶头顶脚。本来希望有个地方小憩着看山，但连阳台也节省了，窗打不开。

敲门声，以为是女侍拿晚餐进来，样子一定像川端康成所写的伊豆舞娘。吓得一跳，是个口红涂得一大圈的肥胖老太婆，说请到食堂用膳。

“不是在房间里吃的吗？”客人问。

胖女人面有难色，回答说也可以的，不过在食堂吃比较方便。坚持之下，女侍拿来了一个长方形的木盘，上面摆着好几样食物，不大情愿地鞠个躬退出去。

一切都是冷的：撒上木鱼碎的豆腐、几片红得发紫的廉价鱼生、炸着的冷冻虾、两块没有鱼味的鱼饼、一碗面豉汤、一小碟泡菜和白饭，绝对不适合香港人胃口，结果糊里糊涂地吞下，一肚子气。

在房中干坐无聊，打开没有遥控的手动电视，乡下只有三个台，充满雪花，关上。听说温泉地带多数有脱衣舞表演，乘的士前往，计价表一直跳，半小时后尚未抵达，原来是一间简陋不堪的小剧场，几个胖女人在卖肉，看得鸡皮疙瘩排队。

归来，还是叫个按摩吧，又是一名肥胖的半老徐娘，一点风韵都不存，怎么天下肥婆都集中在温泉区？

胖女人力大，功夫总行吧，想不到使出来的是棉花手，轻揉几下便要往下半身探来，吓得睁开眼，一看那咧嘴的獠牙，哎呀呀，差点把冷饭也吐出。

起身到大堂去，才明白为什么街头战士的生意那么好。闷得发慌，差点和小孩子争着骑叮当。

大宴会场中数百名公司春茗的客人抢着麦克风唱卡拉OK，杀鸡般叫，大家拼命吞啤酒。一盘盘的菜肴没人动。

睡得一点也不好，房间空调不是太热就是太冷。

翌日，赶鸭式地到大食堂去吃早餐，看到菜式似曾相识，原来是昨夜宴会客的剩菜，依然都是冷的，好在饭还热，女侍者把一个生鸡蛋打在饭堆上，腥得发昏。

敲门埋单，五万大圆，现在日币已是乘九，五九四十五，四千五百港币。

罪是遭老了，看你以后敢不敢再去浸温泉。

当然，好的例子还是有的，山间小屋还存在，池中沐浴，见天上雪花飘下，融于肩膀上的经验难忘，而且价钱绝不昂贵，问题是出发之前必得做许多调查工作，不然一定失望。

有什么好介绍？不想告诉各位，否则又变成大型观光酒店了。

目的是疗养风湿病的话，可到草津、奈良田、龙神、川底、鹿教荡时折、后生挂等等温泉。

不然，弄一包温泉粉加入家中浴缸内浸，效果也是一样的。温泉粉在香港各大日资百货公司都能轻易购入，二三十块一包。

温泉和性分不开，和情投意合的美丽女伴同游，什么鬼地方，都是天堂。

天灾

有一年邵爵士和我下榻东京帝国酒店，遇到地震。

墙上的挂画开始左右摆动，桌上杯盘格格作响，然后整间房间就像在邮船上碰上大风浪，摇呀摇呀，以为一下就没事，但是一摇就摇个三四分钟，这三四分钟一点也不好过，有如半个小时。

“日本人在这种情形之下怎么办？”邵爵士问：“躲在什么地方？”

“他们说不是躲在桌底下，就是站在门框下。”

“我们住几楼？”

“十六。”

“喝茶吧。”邵爵士说。

结果两人继续聊天，直到地震完全停止。

摇摇摆摆的地震其实是小意思，最可怕的是一下子陷下去的地震，“拍旦”一声，由上直下落，一座七层楼的大厦变成了六层，中间那一楼完全压得扁扁，不到一秒钟时间在这个地面消失得干干净净，你说恐怖不恐怖?

神户地震，死的人最多的就是这种情形。好在是发生在清晨，要是于上下班的繁忙时间，人数要由五千多增加至二十万人。整排电车的翻倒，可不是闹着玩的，高架高速公路的倒塌，更是要命。

依地质学家的推测，最可能来临的地震在于东京，想不到先在神户来一下，东京的新建高楼大厦加防震措施做得很好，难于整座倒下，但是大厦外面都是玻璃楼罩，一震之后的碎片，杀伤力极强。

一些在六十年代建筑的小型大厦和狭窄的高速公路，如去羽田机场的那条，完全不依防震法律建筑，照神户的震度，断定会完全摧毁。

在港湾一带，都是填海填出来的，上面建设了大量的油库，地盘则脆弱不堪，像一颗定时的核子炸弹，爆发起来不可收拾。

东京一向有防震演习，每年一二度地在办公室、学校等地方举行。数十年来没事，小孩子和白领们把演习当成游戏，在枯燥的生活中带来一点欢乐，绝对不认真，嘻嘻哈哈地假装逃难。

不过经过神户这一役，东京人开始担心，在大百货公司中都有一个部门卖防火和避难用品。

这次在东京购物，经过时一看，哗，应有尽有，摆满全厅，售货员走过来向我说："这些都是样品，现货已经卖光，如果你想要的话请快点订购，我们尽快在三个月之内替你送到！"

卖些什么，倒是很有趣。

第一是水。一瓶瓶的一公升矿泉水，注明食用期为三年。据经过地震火灾的人说，房子一倒，水管破裂，到处都找不到水喝，所以最重要的还是水。

矿泉水总会喝完的，防火用品有个携带用的滤水器，能够把任何污秽的水源滤清，变成食水。

接着是吃的，有一种干面包，咬一两口，再喝水，面包就膨胀数倍来填肚，这种东西二次大战时已发明，记得小时候看到美军救急箱中也有。

但是日本人到底吃不惯面包，所以也有脱水的白米饭出售，不管加热水或冷水，都能成饭。

地震可能发生在冬天，这次神户即是，所以也卖御寒工具，有一张可以折叠的银色反光布，包在身上，能比普通的棉被温暖三倍，这是美国太空局NASA发明的。

火烧是跟着地震来的，因而有各式各样大大小小的灭火筒出售。有的可以像手枪一样插在腰间，火焰带来浓烟，所以也卖防烟面罩，全副武装戴上之后，很像一个咸蛋超人。

日本人爱干净，生存下来之后第一件事当然是解决卫生问题，他们发明了一个可以折叠的便器，可以坐在上面，中间一个袋子，完整后把绳子一拉，便自动包成一包随时可以扔弃，还顺带卖一瓶解臭水，的确想得周到。这种东西我倒是很有兴趣，至少下次到大陆旅游，也大可派上用场。

佩服的是日本人在地震之后还是秩序良好，没有发生美国一般的抢掠罪行，只有一家公司不见了二十多万元，日本人暗示这是香港犯罪集团所做的好事，都赖在别人身上，这又是令人讨厌的小国民心态。

救灾行动中，电视片集《阿信》的几个主要演员，加上其他歌星明星大声呼吁，要求人民捐款，但所筹得的钱极有限，永远不像香港人那么慷慨。

有个日本人说："你看电视上拍俄国兵打车臣，一座国会大厦被左轰右轰，还是企立着，打了一两个月还没倒下。还是地震厉害，在短短的四五秒，摧毁神户。"

地震是天灾，战争是人祸。车臣那种小战争不能用来做例子。日本人到现在还是篡改教科书，不承认侵略的罪行。他们能接受天灾的事实，却不肯为人祸道歉，也许心理上在说："我们是一个团结的民族，要生要死都在一起，既然有那么多人死了，自己一个，又算得了什么？"

天灾不能避免，人祸可以克制，为什么他们不想到这一点？

河童桥

到东京去玩，当然去银座走走，年轻人则到涉谷、青山、原宿等地购物，我最喜欢的是一大早到筑地鱼市场去吃东西，买些蔬菜带回来。

除了筑地，近来爱逛的是合羽桥。

合羽桥日文念成 Kappa Bashi。Kappa 和河童同音，有时误识为河童桥。河童是一只在童话中出现的动物，有手有脚，却长了一个平秃的头，嘴巴像鸭子。因为形象鲜明，合羽桥在商店街就用河童为标志。它离开浅草车站不远，向西北方向走去，十多分钟之后，看见街上画着一只只的河童，便是合羽桥了。

特色是卖餐具，你如果要开任何形式的餐厅，只要到合羽桥走一圈，什么东西都能齐全地收罗。

走过一家，小小的橱窗中看到一些咖啡杯，精美得很，便进去看看，店铺小得很，各式各样的咖啡杯由最便宜到最昂贵的都有，转个角，有条楼梯，登上二楼，布满了世界各国运来的磨咖啡粉机。走到三楼，汽油炉、火水炉、蜡烛炉、炭炉，专卖炉子。四楼，是咖啡店中用的林林总总的餐牌，木做的、皮做的、塑料做的。五楼，装方糖的容器和烟灰盅。六楼，招牌设计和室内装饰品，都与咖啡有关。这时你已经走到脚软，看到眼花，不想再爬七楼和八楼。

旁边一家是专卖日本人开中华料理的用具，都是些日本人设计的假中国东西，碗碟筷子，中不中西不西的，但应有尽有，包括装饰门口的两只大石狮子。

再过去门帘店，日本人开店喜欢挂门帘，若将它掀起，就表示收档。由传统的浮世绘到近代的抽象画设计的门帘，让你去选。我买了一副，分两面，左边是普通蓝花布，右边画着一个小孩卷起门帘偷看，可爱到极点。门帘店也卖大旗子，为你订制印上店铺名字，插在门外招徕客人，有些小旗写一个“冰”字，是供店铺在夏天卖红豆刨冰，还有一幅中华面，让推车的小贩深夜卖宵夜用的。

同样的铺子至少有五六间，客人可以一间间地比较价钱，通常在合羽桥买的价钱是大百货公司的一半，至少也要便宜小杂货三成左右。而且，其中一家一定在大减价，大减价的招牌也随时可以买到，在大减价商店买大减价招牌，乐事也。

铸铁店中一排排的烧烤用品，大小火盘。大火盘是给夏天生火用，仿古的，学着当年行军时，木架上束个铁斗，斗中装着柴枝点火照明，现在则用来做立体的广告。小火盘上有几根细铁枝，头顶铸个小印，原来是像西部片烙牛皮一样，这个小印用来烙饼，软软的豆沙饼制成后，打上商家的标志。

刀叉店中，切金枪鱼的大刀到锯牛扒的小刀，数百种之多。我选中了一把新科技制成的利刀，七彩花纹，美得不得了。店员看我喜欢，拔下头发往刀口上吹去，和武侠小说里形容的一样，头发断掉。叉子则是烧烤用的大型者到叉水果的袖珍型，其中有一把是竹头做的叉，原来是用来叉豆腐的。

漆器铺子中，无数的漆盘，大大小小。喝面豉油用的小碗上有个盖子，有时打不开，皆因漆器遇热会膨胀，吸收碗内空气，用手指轻轻地压着碗边，那盖子就波的一声自动地跳开。但是漆器有一阵古怪的味道，我极厌恶，看了两分钟，掩鼻而逃。

隔壁的店里传出香喷喷的味道，都是些香精，供洗手间内用。西洋洗手盆种类较多，日本式的是用一块大石块凿出来，上面有根竹管子，让盆流水不断地注入盆中，水溢出，永远保持干净。门口用的男女牌子，最普通的是以抽象形象画出一个双腿的男用，和一个穿裙子的女用。复杂一点，扑克牌上的皇帝和皇后，再来是用毕加索的哭泣的女人和德加的蓝色小丑做代表。有些牌子画着一个男的抱着一个女的，亦意味着这洗手间是男女共享。

咦，鱼、虾、蟹，卖些什么？这一家店最特别，都是餐厅橱窗内的蜡制标本。

数十种寿司齐全，包着的紫菜像会被风吹起。蜡做的雪糕、蛋糕，令人垂涎。

整只的蜡龙虾，有的是墨绿色的生虾，或是全红色的煮熟，最妙的是他们仿制的烤鱼，鱼皮上切开处有点烧焦痕迹，里面的肉是雪白的，皮上蘸着一些盐，还有一些刮不干净的鱼鳞呢。

最后是餐厅中的家具铺子，由吃茶店中的舒服沙发到居酒屋用的小绳椅，还有酒吧的圆形小凳，你开什么店就买什么桌椅。

我终于看见几个习惯用的茶杯，原有的已打烂到剩下一个，找遍东京百货店也没法子发现。它薄得透明，翻开杯底，写着“光峰”两个字，才卖二十几块港币一个，即刻买了半打。

一条街，走下来，走马看花。已花了四个多钟头。我去的那天刚好是星期天，大部分商店不开门呢。

笹之雪

亭之先生好吃豆腐，一日有缘，必共往东京同尝专卖豆腐的老店“笹之雪”。

笹为以竹叶葺的小屋。日语发音，也可以作细雪的解释。

拥挤的大城市，它是还有庭园的少数餐馆之一。客人在园中各别的亭里进食，或到榻榻米大厅席地而坐。侍女们穿着传统和服，古老的建筑物，似乎没有时光的间隔，回到江户年代的迟暮。

屋名笹之雪，以为冬天最有情调，其实这里是夏日的气氛最好。客人穿革履和凉衣，摇着扇子走入没有现代化冷气的亭中，面对布满青苔的异石，小溪的流水，坐下先叫数瓶剑菱牌的米酒细酌。

菜名写在大片竹叶上，有十款和十五款两种，无其他选择。带我去的长发姑娘要了前者，我贪心要后面的那一种，她吃吃地笑，说等一会儿你就知道滋味。

日本习惯以数片刺身为前菜，笹之雪的前菜也叫刺身，不过不是鱼，而是新鲜捞起的腐竹，切成片状，蘸青芥末和浓酱油吃，香甜无比，分量极少，更觉我的决定不错。

下一道菜是将豆腐的水分挤干，参与一种叫牛蒡的蔬菜，加虾仁、肉碎、红萝卜和冬菇。以酒炒之，装小碗上桌。炒时猛火，大力翻捞，轰轰作响，故名“雷豆腐”。

接着的是凉拌者，上面铺木鱼丝和菠菜。鸡蛋豆腐，蒸得没有炖蛋那么晕，比普通豆腐有味。串烧豆腐、豆腐天妇罗、豆腐香干等等，我吃到第八道，已经气喘如牛，再也吞不下。女友又吃吃地笑。

静坐休息，更觉肚胀，干脆躺在女友腿上，听阵阵的蝉声。

转头一看，庭院中有萤火虫飞跃，这边有数只，那里有数十只，另一处成群，星星已阵落大地。童心和酒性大作，还管什么淑女投怀，跳起来冲上前追捕，抓到一只，又觉可怜，即放走，见它又飞到我身边，好像在回头答谢。

徜徉徘徊归去，冥想为何此居夏天称笹之雪，也那么地恰当？悟道所谓的雪，就是豆腐。

下关游

听说下关这个地方，已数十年，从来没去过。

下关和河豚结下不了缘，喜欢吃河豚的人都知道这里出产的“虎豚”，是河豚中品种最优秀的。

传说中，在下关吃河豚，不会中毒，因为这里的海水能解毒，这当然是骗人的，河豚的肝脏，在任何地方吃，都死人。

要到下关不易，先飞福冈，再乘两个半小时的车子才能抵达，不是因为公干顺道而去，我这辈子中不会专程跑到下关吃河豚。

日本已经没有所谓的乡下，信息和商业的发达，令到每一个小镇都在模仿东京，有同样的便利店、电器铺子和巴青高弹子机。下关唯一不同的是到处可以看到卖河豚的食肆。大街角落头站着不少梳阿飞的思春期男孩子，不够胆量去勾搭走过的少女，只有成群结队地讨论。有一天到东京去，想起数十年前，我何尝未经过这个阶段。

上等河豚店晚上九点多十点已经关门，我抵步时已迟，只有随便在一间海鲜店吃宵夜。

这里吃鱼虾的地方都有个玻璃水箱，养游水海鲜。香港人看了不觉稀奇，由东京或大阪来的日本人罕见，大惊小怪地，因为大都市铺租贵，少有此设备。

侍者为我从水箱中抓出一尾肥大的鲇鱼，就那么劏开生吃，头尾还在动。虽然残忍，但听说鱼类没有痛楚神经，我不知道此话是否有根据，姑且信之，以求心安。

水槽中还有尖长的鱿鱼，日本人称为“箭海贼”，游起来真像刀箭，煞是好看，取出生吃，却嫌肉硬，但甘美。

较为稀奇的是生吞白饭鱼。一个大碗上桌，碗中游着近百尾的小鱼，只见眼睛和骨头。全身透明。用一支有点像香港打边炉的铁网勺子捞起小鱼，放进另外一个盛着酱油和醋的小碗，浸它一浸；白饭鱼进入口中还会跳动，以筷子挟了几尾，这时你要决定将它咬碎了，还是就那么吞下。吞下的话，日本人说对身子有益，是进补的一种方式，但只像喝酱油醋，很是愚蠢。只有试着嚼之，奇怪，此鱼味道，一点也不腥，不过太过淡薄，吃不出什么苗头。这种吃法只能偶一为之，求个新的经验，并非美味。

第二天当然去吃闻名的河豚，最贵的套餐有七八品种，卖一万五千日圆，比起东京一般的三万日圆，也只有一半的价钱。在东京吃河豚，贵起来是八万日圆一餐。

先是炸河豚送酒，还有鱼皮冻为前菜，接下是刺身。用的盘子底色一定很鲜艳。鱼肉要切得薄得透明，铺在盘上，不能见底，才显大师傅的功力。

初尝河豚的人绝对吃不出甜味，需经数次才明白它不但鲜到极点，还带幽香。这时已是上瘾，不断思念。

我要求吃河豚肝，但老板娘说政府禁止，久已不卖。真是可惜，从前吃过，比河豚肉还要好吃百倍，毒死无憾。

正是牡丹花的季节，花铺出售一朵朵白中透着浅红的牡丹，花瓣薄如丝，重叠又重叠，煞是好看。在香港过年时，才三小朵一盆牡丹就要卖港币三千，这里每朵五百日圆。当今日币已差不多十对一，也不过五十块一朵，选了五朵，有双手合掌那么大，回到小客栈向侍女借个花瓶。好家伙，拿来的是个出名的备前烧，这里闻名的陶器色泽深沉，烧得粗糙生趣，极为古朴。配上富贵的牡丹，一绝也。观赏之余，发现牡丹只能看实物。因为自古至今，尚未有一个艺术家能将它画得不俗气。

鱼市场就在客栈的旁边，本来约好友人翌日一早去逛，到时大家都贪睡，我摇头轻叹怎能失去这机会！

各种鱼虾贝壳，丰富之极。最多的是河豚，这里大小河豚共有十数种品种，售价不一。市场中兼有河豚工厂，劏鱼者清晨四点已开始辛勤地工作，把鱼切成薄片，铺在塑料做的花篮上，准备空运东京出售。

日本人一向说，河豚大师傅考牌不易。在下关一看，才知道不是那一回事。劏鱼者多是年轻小伙子，哪像有十年以上的训练？下次去东京，已经不敢随便在百货公司买现成的河豚来吃，送命给这群嘴边无毛的小子，不是好玩的。

凡是菜市场，边上一定有几间铺子卖早餐，供应鱼贩吃。这里有家寿司店，叫“早处”（Hayai Tokoro），名副其实地早，由清晨五点开到上午九点就关门，在他们那里吃了几片最高级的“纹鲹”（Shima Aji）下酒。

走出来，嫌不饱，再到一间没有字号的小店，由一位老太婆经营，来者都是熟客，吃完问多少钱，老太婆指着壁的价目表，大喝：“自计！”

逛市场时看到一盒盒薄木包装的海胆，这种日人叫云丹的海味，在东京至少要卖三四千日圆一盒。这里只售六百，忍不住买下。在小店中拿出来，问老太太说可不可以吃由外边带来的东西，她又大喝：“自便！”

要了一碗热腾腾冒着烟的白饭，饭粒每颗肥胖到发亮，把整盒海胆倒在饭上，滴了些当地产的上等酱油，就那么扒进嘴里，再送口清茶。啊，天下美味，止于此。

仙台之游

为了拍成龙主演的《霹雳火》，在仙台住了三个星期，不然的话，说什么也不会跑到那里去。

从东京乘东北新干线子弹火车，两小时便抵达仙台，座位非常舒服，不逊飞机的头等舱，但票价也不菲，合整千块港币一程。

仙台的城市设计很进步，只要留心观察，便看得出所有大马路行人道上，必有一条铺着凹凸砖的线路，那是专为盲人服务的，拐杖接触地面，便能辨别方向。转角的红绿灯，发出布谷鸟叫声，指示进行或停止。

市中心的"太阳广场"（Sun Mall）与一般商业广场的分别在于商店街上了顶，阳光由透明的屋顶射下，一边蹓跶一边购物，绝不单调。

直到尽头，再步行十多分钟，便是仙台博物馆，藏品并不多，有兴趣的是博物馆后面有个鲁迅铜像，他曾经在仙台的医科大学读过书。

出名的土产是鱼饼和牛舌头。日本人做鱼饼，粉多过鱼。很少鱼味，比我们做的逊色得多，而且也不够弹牙，只能在饿时充饥，下酒可嫌味道不足，但是他们一片片地，包装考究得很，不放冰箱也可储存三四天不坏，心中总觉他们下很多防腐剂，少吃为妙。

牛舌头看起来样子不雅，但一吃，果然美味。正想多买一些，刚刚读到新闻，原来仙台牛舌用的都不是本地牛，全为美国种，也就打消这个念头，反正一小包十二薄片，卖一百五十块港币，贵得离谱。

意外收获是找到了几家营业了数十年或上百年的老店吃东西，得到无上的享受。

生蚝也是当地名产，有家叫“蚝德”（Kaki Toku）的，一年四季都可吃到美味的生蚝，连壳上桌，看到其厚如石的原壳，就知道不是人工养的。餐厅供应一支有锯齿的小刀，很轻易地把韧带切断，连海水生吞入口，细嚼之下，甘甜无比。

“开盛庵”（Kaiyoan）是吃鳗鱼的老铺，一盒盒的鳗鱼饭热腾腾上桌，仙台产佳米，白饭肥肥地一粒粒站着。贪心一点可叫双重鳗鱼，即是一层饭，一层鳗鱼，再一层饭，最后饭上面又铺一层最肥最大的鳗鱼。鱼油不含胆固醇，多吃无害。

“喜良久亭”（Kirakutei）的楼下是间鱼铺，客人可以买海鲜，到楼上的餐厅，叫大师傅煮。

但还是吃它的套餐较佳，一客八千日圆，合七百多港币，有十数道菜，碗碟皆为鉴赏品的古董陶瓷，每式菜也下过功夫烹调。如烧鱼，是把鱼肉剉开，中间夹着一层菠菜炮制的。

店里都是布置得很典雅的小房间。两个人花上一千多块港币就可以在榻榻米房内慢慢品尝山珍海味。两个穿和服的女侍不停地服务，在不打扰客人的谈话之间插一两句嘴，解释各道菜的煮法。付账时她们跪在一旁帮你穿上鞋子，还深深鞠躬道谢，要你再来。

印象最为深刻的是一家叫“福寿司”（Fukuzushi）的百年鱼生店。

一进门可看到一条横梁，由一棵百尺长的巨大圆木制成，右边是一排很长的寿司柜台。

生客来到，寿司师傅虽然很有礼貌，但还是保持一点距离，他先奉上一小碟东西让你下酒。

一看，是山葵（Wasabi）的茎，用醋泡的，入口，有股山葵的辣劲，味道细腻爽口。大师傅说是店里买下山葵种在水里，让干茎长长后切下浸的。看我吃得津津有味，再送一碟由酱油泡的，这比用醋更适合饮酒人的胃口，连吞热清酒三大杯。

海蛸（Hoya）也是仙台名产，这种番薯般大的海鲜，头上还有几颗小肿瘤，呈深红颜色，样子古怪得很，挖其肉吃，味道也古怪，不是每个人都受得了，但嚼后一阵甘味，比甘草还浓，大师傅见我欣赏，面露喜色。

跟着鲍鱼刺身，这店子是把鲍鱼顶上那块最软的肉切片，盛在小碗中，再把鲍鱼肠取去，挤出其汁，淋在肉上面，何等高级的做法！我吃完鲍鱼后，倒入一口清酒，忙混在肠汁中，一口干了，大师傅喝彩。

再下来大家已变成好朋友，他把店里最好的东西都献宝。每样一小碟，分量极少。种类之多，只记得有只铜板大的鱿鱼长着两个小耳朵，全身是膏的耳朵海贼。有种叫青柳的贝壳，从前看到的只是肉而已，整只连壳的还没见过。赖尿虾有雌有雄，雌的吃卵，雄的吃肉。它们的爪，细功剥出，生吃之，普通甜虾吃得多。这里有比甜虾更高贵的牡丹虾，还有更稀有的，是紫色的葡萄虾，都是初尝。海胆云丹，其大如苹果，整个连壳上，大师傅用利刃把顶上三分之一处挥刀切开，里面有一瓣瓣如橘瓣的膏，淋上酱油，用匙羹挖来进口。

东京也没那么高档的寿司店，别说国外。仙台之旅，单单是这家人，已不虚此行。

夜舟

韩江穿过汉城的中心，自古以来，便是韩国人的黄河。

到了夏天，韩江上有无数的小舟，像萤火虫麇集，又倒映在水面，传来阵阵欢乐或哀怨的歌声。从傍晚起，你就可以携着歌伎，在江边租一艘小船游河。

舟身很小，只能摆一张小桌子和一个床位，船夫摇橹，将你和你的同伴载到韩江的发源地。

下船后，他把你们引到他的小茅屋里，他的太太已经做好菜等待。

先饮清凉的韩国土炮“马加利”，味甘醇，易下口。

太太烧得一手好餸，多是江中的鲜鱼和田园里的蔬菜。

船夫的女儿拿出古筝弹奏，身边的歌伎飘然起身跳舞，节奏由慢到快，最后又恢复平静。歌伎在你的怀里坐下，互相敬酒。

饮个兴起，叫船夫也一起来喝，他的老婆和女儿更是不肯认输，把酒杯抢过来，喝得比她们的丈夫老子更痛快。

步伐蹒跚，母女来送船，丈夫把你和歌伎载出江去，一路高歌阿里朗和多首韩国的民间歌谣。

微风吹来，歌伎长发的尖端拂脸，闻到一阵阵幽香，情不自禁，将她的手一握，她依偎过来，与你耳鬓厮磨。

船夫善解人意，走入船舱，把小桌子竖好，再找到一支蜡烛点亮，然后随着拿出一个纸杯，将杯子的底部穿一个洞，套在蜡烛上当灯笼。

一切准备好了，船夫叽哩咕噜地讲了一大阵，从他的手势中你可以明白他讲的是什么。点点头。“扑通”的一声，船夫跳进江中，一下子不见人影，又在远处看到他往岸边游去。

已经是二人世界，情调达到高潮。

歌伎一面整理头发，一面将蜡烛吹熄。

坐在岸上，手遮额头远望的船夫，得到讯号，又“扑通”地跳下水游上船，摇着橹，他为你们唱一首惜别之歌。

伎生

十几年前，到汉城，导演申相玉请吃饭，到了一家山明水秀的伎生馆去。进入布置豪华的房中，我们围着一长方矮桌席地而坐，我是主客坐上端，右手旁有个四方的硬枕靠手。美丽的伎生穿传统韩国服装入场。

各式各样的菜色最少有七十种，其中也不乏可口者如醉螃蟹、生牛柳、酱桑叶、沾蜂蜜的新鲜人参和韩式火锅“神仙炉”等等。

陪我的那个叫静姬，身材矮小，貌不出众，奇怪她为什么是这里最红的伎生。服务精神可真是第一流，无微不至，我眼光一看，她即会意我喜欢什么菜，挟着送入口，并为我擦干嘴。

韩国人习惯是自己干了一杯后，将杯子交给你要敬酒的人，那人干完把杯子送回给你，你饮后又递给他，纠缠不清。静姬又干了把空杯给我，我回敬。略微休息，面前就有两个空杯，这叫戴眼镜，不是一件光彩的事，所以喝个不停。

几十杯后，静姬说这种日本酒杯太小，不如换个大一点的吧。

用茶杯又干了几杯，再换大水杯。

为了表示公平，她叫侍女拿了十个水杯，以筷子为架子，一个叠上一个，在最上面那个杯子倒酒，第一杯满溢下第二杯，结果十杯全盈，她一连呱呱地干了五杯，瞪着眼看我，我不服气地也喝了五杯。

静姬见灌我不倒，更不服气，嗖的一声站起，把那一大碗牛尾汤倒掉，注满酒，一口气不停地把整个大汤碗酒吞下，擦擦嘴，像处女一样地含羞笑着，把大汤碗递回给我。

接着她一拍掌，五六个侍女抬进十二面大鼓，静姬毫无醉意，跳起身来以双棒击鼓，起初慢，越来越快，又弯着腰倒身敲打，音乐节奏极为强烈，一面击鼓一面转身，大裙子在飘荡，愈转愈快，看得令人眼花缭乱。忽然，一下子停了，一切静止，鸦雀无声。

静姬放下双棒，躺入我的怀中，问道："要不要再来一杯？"

我才知道她为什么是这里最红的伎生。

伞

去了一趟韩国，在乡下小镇看到老头子在修理雨伞、换伞骨，感慨万千。

我们的社会已经没有这种行业，雨伞在落后国家利用了低贱劳力，大量贱价外销。竞争下，品质越来越好，少有把一把伞用到坏掉。

雨后天晴，最容易遗忘的便是那把伞了。放在办公室、车上、人家家中、百货店里，有谁去找回来？大家都嫌麻烦，反正是那么便宜。

伞，不见得多，忽然看到别人遗下一把，也毫不客气地拿来用。以为这东西可能是我们以前丢掉的，犯罪感减低一点也不觉得羞耻，多可怕！

在公众地方留下的伞一年至少几千把，但从来没有听过政府拿来拍卖。这些东西其中也许有点损坏，拿去修理不划算。

也没有商店肯销二手货，难道拿去卖给古董店不成？它们的命运多数是再次被抛弃。

我赞成把雨伞变成公物，私人禁止拥有，天阴了政府把雨伞放在公共场所，大家用完次日归还。取自人民的还到人民的手里。

用者一打开，是一份人与人之间的爱。这是多么美的人间关系，多么美丽的世界。

最后的乐园

在东南亚，最后的乐园应该是清迈吧。

乘港龙可以直飞，两个多钟头，抵达后即刻有阵清凉的感觉，清迈位于泰国北部高原，气候干爽。

这次是应着四月十三日的“宋干”（“宋干”是梵语的译音）去的，是泰国传统的新年，也是这一天，举行泼水节。

由机场出来，沿路上就可以看到一群群的小孩子拿着大桶小桶，遇到行人或汽车，便把水泼去。

坐在车上把玻璃关得紧紧的游客，当然不必怕被水淋湿，但这是最没有趣的玩法。

抵酒店，友人准备好全套武装：一件宝蓝颜色的粗布衣裤，这是他们人人都在新年穿的传统衣服，另外还有一对树胶拖鞋。随即冲到清迈古城堡的遗迹，市中心最热闹的沙场。中间一条河，群众在这里汲水大战。

肩膀上一阵凉，是位少女把水浇在上面。

迎面来的是佛像大游行。一年一度，和尚们把庙中佛像抬了出来，让人民泼水，也作为佛的沐浴。

看到群众很有礼貌地把水淋在佛像的肩膀上，并非大力泼去，才知道少女对我那么尊敬。我学高僧用手指在水桶中蘸了一蘸，像涂香水一样往她的耳根点去，她即刻报以微笑，双手合十。

另外一边的小子就没那么柔顺，一桶水往我身上泼来，我用手挡住脸，抢了少女的水桶还击，也淋了他一身。

沿河有很多摊小贩，卖着大大小小的水桶，由港币三块到十块，买了一个就和当地人干了起来。

游戏的规则是你泼我，我泼你，大家不得生气，但是互相越泼越猛，有个小子被我连泼三桶，瞪大了眼睛朝我走过来，由口袋掏出一瓶土炮，我也不客气地接了，连灌三四大口，说声“客君客”，泰语的谢谢，小子展开大笑容，赞我好酒量。

佛像的行列无尽头，喜欢佛像的人可大开眼界了，在这一天中可以看到全部最珍贵的，平时不知被藏在哪里的佛像。

小孩子把武器都出齐了，由最原始的竹筒水枪到美国最新型的玩具枪，大射特射。有一家人把店中洗车底的大型喷射水枪也搬出，群众都回避，不跟他玩。

泼得兴奋，一个小女孩全身尽湿，冷得发抖，但还是不停地泼水，等到两个坐摩托车的少女走过，往她们身上浇去，少女烫得好好的头发被淋得扁扁，当我同情她们时，友人说：“她们才高兴呢，不然怎么会驾车经过这里？”

因为地方大，所以没有想象中的那种人头汹涌、大家拥挤在一块的场面，但是一阵隔着一阵的水战，连绵不绝，而且不断有外来的兵团，他们包租了数辆货车，车上载满了大缸的水，乘你不意的时候袭击。

车队中也夹着卖叉烧包的小贩和沿途路边的各种地道食物摊子。奇怪的是，大家都不阻碍他们做生意，就是不向他们泼水，不然那些叉烧包不知道会变成什么样子。

到了下午六点，告一段落，大众散了回家冲凉洗个干净，再出来吃东西。

我们到郊外的一个餐厅，临湖搭起的茅屋，一个个的小亭子像是浮在湖上，吃的是和曼谷完全不同的菜色，清迈食物饱受老挝和柬埔寨的影响，像墨西哥菜一样，多数用饼和蔬菜蘸着各种酱汁入口。最受欢迎的是糯米饭，用小竹篮子装着，带特别香味，客人用手把糯米饭搓成一团塞进嘴里。一方面又配以猪皮。清迈的炸猪皮是出名的，炸得油都走光了，才是最香脆最好吃的。香港的九龙城也卖这种炸猪皮，但是比起现炸的，味道差了十万八千里。第二天到山上的庙中朝拜，抽了一支签，说我不停地有艳遇，不知准不准，但也说我是个文人，可应了。

再去陶瓷厂参观。我最喜欢他们做的原始味道的陶器，土得再可爱也没有了，每个才十几块港币。

一路上，只觉空气的清新，问朋友，才知道清迈是不允许有烟工业的都市，只在手工艺和旅游业上发展。泰国国王常来清迈避暑，许多退休后的大官也都住这里，治安上是全国最好的。

至于艾滋病，清迈曾经是最旺盛的性都，谣言对她很不利。但去了清迈，才知道当地女子多数斯斯文文，当皮肉工作的不多，淫业女子来自清莱和北部其他各地，而且政府也大力扑灭，玩的地方渐少。不过有兴趣的话，拿起黄页，打个电话，还是有大量的外地女子由摩托车送来。

清迈女人多过男的，教养不错。规矩上，如果有人向她们讲话，她们一定要回答，才有礼貌。朋友说，最佳办法是在节日中看到了某个女子，为她的乡村做点好事，捐点款项，便可以向她父母提出婚事了。

爱上这个地方，朋友推荐在高尔夫球场和马会前面有个公寓，一千英尺左右卖八十万，先付一成就可买下，若付一百万，则有马会和高尔夫球场的会员证奉送。到时地价涨，会员证涨，是个保值的好投资。我对两者都没有兴趣，但是公寓幽雅高尚，也就买了一栋。到时转手再买一个大工作室刻刻佛像，也只有在清迈才能有这种条件。

归途经曼谷，机场餐厅经理上来搭讪，问外国人为什么喜欢清迈。我用最简单的答案：“我们住的城市都有污染，清迈没有。”

白色的别离

一生中喜欢的颜色，只有蓝、灰、黑和白。对于白色，致最高敬意者，应该是印度的沙贾汗皇帝，他为爱人慕坦芝·玛哈做了一座空前绝后的坟墓，以白色大理石建筑的泰姬陵。

这个世界七大奇观之一，闻名已久，虽然觉得去的人太多了，自己再参与，有一点媚俗，但同一个史迹，给予每一个人的印象都不一样，跟着大家的屁股去参观，并非羞耻之事。

怀着这个心理，我到泰姬陵去。

先要经过印度首都德里，在商业强烈竞争下，我们总能找到一最便宜的路程抵达。从此，可以乘三小时的火车，一小时的飞机，或四小时的巴士，来到这毕生难忘之地。

沿途，大家可看到一片片枯瘦的土地，有些简直是寸草不生，农民过着辛苦的生活，知道这国家为什么是这么穷困。

所有的财力和物力，在三百三十年前用来建筑这个对民生一点用处也没有的坟墓，创造一出完美的爱情戏剧来瞒骗世人，说是皇帝为了纪念他的妻子而造，并且要与她同葬此中。

还没有抵达泰姬陵之前，导游带我去一个废墟，我一看吓一跳，它的基层是以黑色的大理石建筑，范围惊人的广大，这是沙贾汗为自己建造的坟墓，他并不想与爱妃死在一起。

沙贾汗只是为了表示自己的权力，假借丧妻做了白色的泰姬陵，为邻邦的皇亲国戚歌颂赞美。

他冲昏了头脑，一定要建一个比泰姬陵更大更完美的坟墓，而且是用清透的黑大理石堆砌。

为了达到目的，他不顾忠臣的劝谏，不管国民的死活。

好在上帝是公平的，他的儿子把这糊涂的老头关在监牢中，不让他的狂傲来危害老百姓，直到他死。

现在沙贾汗的棺木同卧在泰姬的身旁，但并非他自愿的。

其实我为什么要这么无聊地去打破一个美丽的梦幻，为什么不让事实与尸体一块儿埋葬？到达泰姬陵，看到陵外的群丐，又不得不发此牢骚。

第一眼只见一个黑色的大堂，长百英尺，走入后便像进去电影院，一片昏暗，阵阵阴风吹来，走到尽头便是大大的一道洋葱顶的拱门，门外一片白光。

这座十数层高的白色建筑物就那么深深地烙印在你的脑海里。这便是永远的泰姬陵。

还怕你看不足，设计师在陵前做了一个长形的水池将它倒影，让你一连看到两个。

这个介绍方法，已经是一种艺术。

走进它，见高处的大理石中闪亮着红绿宝石。举首，白云飘过，衬住巨塔巍然不动，忽然头一晕，以为建筑物在摇摆。

据说，本来它是全部镶满宝石，让半官半商的英国人到来乱抢，现在只剩下在塔顶者，还是数不尽。

沙贾汗的尸体和妃子的埋葬在地牢，棺材很小，似只能容纳不发育儿童，上面又是镶着宝石，用手电筒照去，辉煌地闪亮，一直深深地镶着。这个地牢参观的人极多，隧道的梯阶很小，又湿又暗，我劝你还是不要去看。

印度游客不挤死你，外国嬉皮士也会完成这一个使命。

由坟中走出，再看它的整个外表，在夕阳西照下，整座变成金黄色，绕着它走一圈，每个角度都有不同的前景。

大家赶着回去，我依依不舍。

因为听了导游说："泰姬陵，在月圆时看，是最美的。"

屈指一数，刚好是农历十五，我便不管三七二十一的留了下来。

当晚，月亮由泰姬陵的背后出现，一座大理石建筑，照成半透明，那种奇景，岂为人间可窥？

我看得发呆。

导游说："这到底是一座坟墓，晚上看是不很吉利的，相爱的人，一定会分开，反正你是单独一人，不要紧。"

我想要是与深爱者到了一定非别离不可的地步，那一定要千山万水把她带到此地，度过这良美的一宵。

那么她怎么还能永远地怨你呢？

太阳壮观

小时不知家中挂的一幅字是什么意思。后来晓得是徐悲鸿描写珠穆朗玛峰的情境，对这个地方充满好奇，终于去了数次。

从飞机看下来，一片片梯田，积水的表面，反映着刺眼的黄金阳光，到达尼泊尔的首都加德满都。

走进木屋的海关，竟没有人员管理，本来可以径自走进去，但还是担心出国有问题，找人来替我们盖一个入境的章在护照上。当然这是十几年前的事，后来尼泊尔不这样乌龙。

第一次是和岳华一块儿去的，我们两人在漫长的古都街头散步，那条街好像永走不完，和几百年前变化不多，似乎回到神话的时代。

最著名的观光地是那座画了天眼的庙，每年有成群结队的西藏人到此膜拜。绕着天眼走，它四座墙上一共有八对，代表了轮回，神永远地观察着我们。

许多建筑物的屋顶下都有种种的欢喜佛像，当地人相信风神讨厌这种人间愚蠢的行为，他们想出这个方法真是聪明。

尼泊尔人分山地民族和盘地民族，前者耐劳力强，又相当凶悍，所以英国人雇佣他们来当兵，香港也有不少这种叫廓尔喀的队伍。盘地人喜良，长于做生意，他们背着当地的便宜珠宝和银器一路走到亚洲各地贩卖，又买尼泊尔需要的东西回乡交换银币。

山地人朝拜的时候以为吸大麻会更接近神明，故在此地直到几年前还是合法的，因此吸引了许多嬉皮士。

我们去了一家小咖啡店叫“玫瑰花蕊的花园”，一进门就有一大罐大麻，任君自取。嬉皮士麇集，我们和几个谈天，觉得都是知识分子，绝非普通的流浪汉。

一次由印度经尼泊尔，当地友人安排了一个毕生难忘的旅程。清晨五点半，乘车到喜马拉雅山山脚，黑漆漆地登上了直升机，它徐徐升起，配合着隔在山后旭升的太阳。

忽然，整个珠穆朗玛峰变成一片通明透亮的玛瑙。接着一个无限大的太阳出现在顶峰，摆在你的眼前。这个印象，永远地烙印在我的一生。

峇布嗨

释题：峇布嗨者，菲律宾土语，“哈啰”之意也。

谈到菲律宾，印象深刻的是十几年前，陪同一位代表香港的女评判员，去马尼拉参加亚洲影展。

当时，我的任务是联络各国的评判员，商讨如何瓜分奖状。

抵达后经过海关，那穿军服戴黑眼镜的家伙向我说：“你带了两樽威士忌，留一樽送给我好不好？”

我板着脸：“不好！”

又没有走私贩毒，我怕他什么呢？

“和你一块来的美丽女士，行李里一定有不少漂亮的衣服。”他的态度从容：“要是我一件件慢慢地翻出来让大家欣赏，你认为好不好？”

我板着脸：“不好！”

“那么，”他嬉皮笑脸地，“就请你留下一瓶好不好？”

我板不下脸，说："好！"

他微笑，礼貌周到地说："我知道你会同意的。"

走出了机场，影展委员会已派人前来迎接，好几位面貌和身材都是一流的菲律宾和西班牙混血儿来当翻译，其实这里英语流行，也不需要假手他人，但是这番好意怎么能够拒绝？

她们身后有两名彪形大汉，噢噢，腰间突出一块，一定是把谷特四五式手枪。万一我和她们做了我脑中想要做的事，会不会被这家伙一枪打死？

好在翻译们介绍，他们是我们的私人保镖，一人一名。

坐上一辆加特力，前面还有一个制服整齐的交通警察开路，警号"不吧不吧"地一直响个不停，好不威风。

到了希尔顿酒店，小朱在大堂等待，互相拥抱，我发觉他腰间突起了一块。他说："我那支是华特 PPK，詹姆斯·邦德用的那种，你要不要拿去防身？"

我自豪地说不必，我有保镖，车子又有交通警开路。

小朱听了大笑："交通警一小时港币十块，你喜欢，我请半打给你！"

进房洗了一个脸，又禁不住叫小朱掏出他的手枪来。乌金金地，沉甸甸地，着实好玩，爱不释手。

小朱说："借给你玩几天吧！"

我说好，将它放在枕头下面。侍者拿冰和酒进来，我一翻身，学电影里的特务抓枪瞄准着他，吓得他呱呱大叫。

“看你这样喜欢，我带你去。”小朱拉着我就走。

他回到家里叫佣人替他收拾了一大包之后，我们两人就去一个郊外的靶场。打开皮包，哗，里面的左轮手枪，应有尽有，另外藏着小型轻机关枪和一颗手榴弹。

我们各自开了一轮枪，最后把手榴弹扔入山谷，轰的一声巨响，真是过瘾。

“再到别处玩！”他把枪放在车后箱。

车子经过海边，对面一座座的建筑物是夜总汇，这里的夜总汇和其他国家不同，招牌写的是“日夜总汇”，二十四小时营业。

一进门，是个衣帽间，有个一格格的架子，客人要进去必须先交出枪械。小朱是熟客，不理会规则地大摇大摆地走进去。

里面幽暗，镜子球在转动，一颗颗星照耀在那群笑脸相迎的舞女身上。我们一个人要了三四个。

开了两瓶威士忌，他喝他的我喝我的，看谁先干完。

乐队奏了几首又换人，一天一夜不知有多少队轮流，反正这里菲律宾洋琴鬼多的是。小朱和我都喝得差不多。他有个熟舞女死缠着他。小朱顾着要找我聊天，拼命把她推开，我顾着和那些舞女聊天，拼命把小朱推开。

各人各谋杀了一瓶之后，小朱又要叫多两瓶，我说再一瓶两人分着喝，他死都不依。

那个熟舞女一直要小朱娶她做老婆，又抱着他不放，“嘶！”的一声，把小朱的西装口袋也拉破了。小朱大怒，那女的也发恶，一巴掌打过来。小朱气煞即刻往腰间掏，好在枪留在我的旅馆。混乱当中我先回去，发誓再也不跟他喝酒，太危险了。

到酒店大堂，看到我那私人保镖在沙发上打瞌睡，刚才我和小朱溜出去他也不知道。

影展大会开始，我看各国代表都穿燕尾服，会场里又没有冷气，哪受得了，买了一件香蕉丝做的礼服，假扮菲律宾人。

闭幕，各国都心满意足地分到了奖状，大家开香槟，跳舞到深夜。

回到酒店，才知道肚子空空，怎么睡得着，便去通宵营业的大堂餐厅吃宵夜，这餐厅十分热闹。

看到我们的几个保镖也坐在邻桌饮啤酒，他们已经喝得醉醺醺地，没有发觉我，我也落得清闲不和他们打招呼。

远处，坐着日本来的纯情女明星，她独自地在啃三明治，本来想过去搭讪，但几天来的奔走，已筋疲力倦，哪有心情去想那一回事？

忽然，我听到保镖们交头接耳地在商量一件事。德卡罗语和马来话有相似的地方，中间又掺杂着英文单句，好像在说："日本女的，你是保镖。"

"那又怎样？"

"等一下，你进房，干！"

"不，不。我保镖，怎么干？"

"你不行，我们来！"

我的身体不禁震动，原来这个地方的人还是那么野蛮。好了，英雄救美吧！你今晚就去保护她吧！

开玩笑，我一个怎么去应付那三条大汉？真后悔前天把手枪还给了小朱。但是，有枪又怎么样？这不是拍电影，可不是闹着玩。

在纸餐巾上用日语写了："保镖有问题，危险，快回房，锁门，绝对不要打开。"几个字，假装去付酒钱，走过她的桌子时把字条扔了给她。

回到房间，接到女明星电话，说非常感激，今后好好报答。我打了一个呵欠，叫她早点睡吧。

第二天一早集中在大堂等车子来送我们去机场。纯情女星走过来道谢，大家就此分了手。可惜是，报答之事，至今尚未有实现。

我也再没有去过菲律宾。

东方快车

“东方快车”，啊，是多么一个又怀旧又充满罗曼蒂克的名字。克丽丝蒂的侦探小说改编电影，更令旅客对这辆豪华奢侈的火车产生憧憬。

从伦敦到威尼斯这一段十多年前开始运行，证明钱不是问题，只要有好的享受，大家还是花得起的。

现在，“东方快车”的老板施活把它搬到东方来。本来想由香港走到北京的，但是大陆人说他们的线路已经太忙了，而且，他们自己的火车也很豪华呀。最后，施活只得到新加坡、马来西亚和泰国政府的许可，在东南亚做起生意来。

在好朋友的邀请下，我终于有机会尝试这闻名已久的“东方快车”。由新加坡启程，第一个印象并不太好，楼顶高大的车站，本来可以装饰成历史古迹。但失修已久，里面只有几个小杂货员，一间像食堂般的清真餐馆，还有个三四流的卡拉 OK。

快车职员要我们一早报到，但在车站中又没地方去，只有栎在大堂中等。其实他们尽可把那间卡拉 OK 顶下来，让旅客当鸡尾酒廊或休息室，可惜他们没有想到这层。

我们一共要经过两个移民局，由新加坡出国，进入马来西亚，两个移民局连在一起，客人多，拥挤不堪，和欧洲东方快车的铺红地毯待遇，天渊之别。

有趣的是新加坡火车站这块地是属于马来西亚的，所以可以在人家的国土上设移民局关卡，这是其他地方找不到的怪现象。

每辆车厢都有一条细长狭小的走廊。大胖子挤不过去，我们却没问题，进到房间一看，绝对没有想象中那么豪华，有两张床，一个洗手间连淋浴室。总统套房只是大了一点点，更小的普通房有上下两层的卧铺，客人要缩起脚才能下榻。

火车开动之后便四周“探险”，除了客房，车中有两个酒吧，一个豪华的，有钢琴伴奏，另一个小一点的，气氛比大的好，小酒吧连着一卡瞭望车厢，四面开放，没有玻璃挡住，我最爱这个地方，手拿杯酒，椰树和油棕在眼前飞奔而过。清风扑面，诗情画意，但是不宜待久，否则伤风。

餐车也有两卡，另外一卡红色天鹅绒桌椅，供给客人闲聊，偶尔也可以改变成餐车。最后是一卡卖纪念品的车和一节供阅读的图书馆，所有的设施，就此而已。

下午两点半出发，晚上十点到达吉隆坡，之前供应的晚餐是西式的，不能选择，火车做什么你吃什么，如果你要多叫其他鱼子酱、牛扒之类的东西需自付，却不便宜，要算美金。

抵吉隆坡已看不到什么，又不许外出，车站内只有杂货店，不像由明信片中看到的回教教堂式的那么美丽的雄伟。

回到车中，唯一娱乐是泡酒吧，喝酒亦以美金计，全程四十二个小时，最后埋单是笔大数目。

晚上睡觉，车子摇得厉害，比乘邮船和搭飞机尤甚，女士们一早化妆画眼线，画出七八条来，多数客人都睡不好，我喝完酒安稳得多，但也起身好几次。

清晨六点起身到瞭望车厢看日出，天阴，没看到，倒见了月亮，她早上还在，忘记收工。

记起一上车，侍者便来问吃些什么早餐？我回答说到餐厅去吃自助餐好了，但是他说餐车不开，早餐在房间内吃，这也好，久未尝试床上早餐了。吃什么？只有西餐，那么来个多士和鸡蛋好了。侍者说没有鸡蛋，是欧洲大陆式的早餐，面包和咖啡或茶罢了，我没兴趣，拒绝吃。

自备了普洱茶和上等铁观音，请服务员替我沏茶，慢慢叹，要是上车前带一两个日清杯面，那就发达了。

连好奇的欧美游客也看厌了风景，起初一看到椰子树便拼命地拿录像机乱拍，拍来拍去，十几二十个钟之后，又是椰子树，路上经过民居，乡童们微笑招手，他们又忙着拍，岂知一路上不断地，同样地出现乡童微笑招手，鬼佬们分不清东方人的面孔，以为车子走回头了。

九点钟到达红山湖，车子在湖中的一条路上走过，从车厢的窗口望出，像是浮在湖面上行走。

到达槟城，有旅游巴士载客四处一游，我这个饿鬼出城，不跟大队，在路边大排档大擦一餐炒粿条、叻沙等等当地小吃，不亦乐乎。

再上路，宣传单上说可以在泰国小镇买些水果或小吃，但是都不停站，货不对现，其实货不对现的事很多，像手册上说车中有人看相，也没有，只在吃饭时出现了两个唱广东大戏的人物，身穿古装，骗骗鬼佬拍照。

被朋友招待，本来不应该有那么多的怨言，但友人说不在乎，有什么意见尽管提出，可以让他们改进，我看最主要的毛病出在马泰车轨狭而不平，颠动无可厚非，但吃饭时总得驾慢一点，可惜司机是个赛车手，狂奔之下，饭也吃得不舒服。

全程两夜三天，套房要二万多港币，普通房一万多，绝对称不上物有所值。

好在酒吧服务员中有两位特别美丽和聪明的马来西亚籍华人少女，我替她们取了外号叫“靓女”和“精灵”，一路服务周到，是全程最佳的享受。

“东方快车”是叫欧洲那辆的，我坐的车子名字是 Eastern & Oriental Express。Eastern 也是东方，Oriental 也是东方，两个东方加在一起，变成“东东方快车”，听起来怪怪的，所以叫它为“东方东快车”，打麻将的人，听起来，顺耳一点。

意大利之旅——米兰

游欧洲，最好不贪心，去一两个国家就好了。

欲得高级享受，首选法国和意大利，就那么决定。

罗马已去多次，近来治安乱，吉卜赛扒手烦不胜烦，避之，飞米兰。

亚洲航空公司客人，富者居多，头等先满座得不到特别待遇，和坐商务位没什么两样，还是选德航，在法兰克福转机。

最高级鱼子酱和香槟，不像其他公司以次货充数，还照顾东方客，以美味的云吞汤招待。在香港深夜起飞，十二个小时，刚好睡一大觉，翌日清晨抵达，舒服得很。

虽然欧洲的内陆机都是小型的，但也不是螺旋桨，没有头等，只分商务和经济舱，前者也是两排的三个座位，又小又挤，吃的乏善足陈，但只需一个多小时就到，很易挨过。

在米兰入住西嘉（CIGA）集团的 PRINCIPE DE SAVOIA，这

个集团经营的旅馆是意大利最有水平的，差不到哪里去，房间布置得古色古香，但不阴沉。

吃过饭后便去购物，别以为买东西是女人的专利，男人照样喜欢，差别在没那么精挑细选罢了。

服装名店集中在一条叫MONTENAPOLEONE的路上，应有尽有，价钱在退税之后，比香港便宜三四成，甚至一半。米兰又是全球服装中心，款式最时髦，不买的话，好像对不起自己。

搏杀一轮之后，天已黑。返酒店休息片刻。八点半左右进餐，一顿饭平均三个小时，这个旅行都吃得太饱，一饱便睡觉，奇怪的是不大发噩梦。

象征米兰的是大教堂DUOMO，除此之外便没什么好看的了。教堂建筑奇特，有很多又尖又薄的角度，整座东西像丝锦织成，尤其是在晚上看，似一件少女的婚纱，可惜政府为了省电，这几年夜间已经不照亮了。

对欧洲的教堂不感兴趣，因为教堂是权力的表现，已无宗教味道，当年它势力庞大，你们国王建一座美丽的皇宫，我们教会便造一座更漂亮更伟大的教堂，肯定是人创造神的时代。除了巴塞罗那那座有血有肉的圣家族之外，其他教堂只是神职人员的豪华别墅。

只需一小时的车程，便能抵达附近的小湖，选了科莫湖LAGO DI COMO，因为湖边有一家著名的小餐馆。意大利餐酒多带酸，法国人一听到就皱眉头，大喊：那可以叫做酒吗？在意大利这些日子我们喝的都是一种叫 CRAPPA 的土炮，味道有点像孖蒸，但酒精度数和伏特加一样，多喝死人的。GRAPPA 也用种种果实和药草浸淫，饮之无穷，喝下不尽，嗜者一上瘾，便不能罢手。

这里食物不是单调的浇牛羊和意粉，以家庭菜为主，一大锅一大锅煮好的：很浓很入味的汤，用牛筋和蚕豆炆出来的菜，又香又软熟，配上 CRAPPA，令整个下午醉昏昏懒洋洋。

这时湖光十色，岸上山间布满了彩色缤纷的屋子，感叹意大利有钱佬实在会享受。

像积木玩具，有座圆顶的建筑物，原来是发明电力的人在这里做研究，这个物理学家的名字就叫做瓦特（Voltage)。

从科莫回米兰市镇，最好是不经高速公路，我们发现在这次旅行中，走传统的道路可以看到更多的美丽风景，见到的民居也能反映当地人的生活程度，偶尔在小酒吧停下来，喝一杯金巴莉苏打或吃意大利雪糕，是最大的享受，意大利雪糕天下第一，不嗜甜者也会着迷。

又到吃饭时间，意大利菜分量惊人，而且填满粉面才吃菜肉，多吃便觉腻，最好的方法是免了肉类的前菜，单独来碟蛤肉意大利粉，或来个墨鱼汁饭，能吃就再来牛羊扒，不然以青菜和巨型的菇类佐之，已大饱。

像到澳门一样，走来走去都走进赌场，在米兰走来走去都是服装店，翌日又到 MONTENAPOLEONE 去。意大利人一向只穿自己国家做的衣服，在法西斯时代此风更甚，墨索里尼两个女儿嫁人，不许她们穿由国外带回来的八大箱时装。所以走进他们的服装店，最好是穿英国 DUNHILL。

突出在这条街上的是一家叫 G. LOREZI 的店铺，它专门卖与刀子有关的东西，从面包刀到剃胡子刀，你能想象的刀，他们都有。

友人喜欢收藏小刀，挑了几把，店员即刻知道识货者来到，拼命地由薄抽屉中拉出来示之，每个抽屉有数十把，一抽就是数十抽屉。每把刀子打开时的机关各异，有些一按钮即弹出来。有些加了几个安全措施，有些是刀柄两边拉开，有些是按了暗格才见刀肉等等，巨型的牛骨刀也有，只差了断头台上的那一大片利锋。

价钱甚不便宜，因为都是名匠手制，数千近万港币者居多。一百港币等于两万里拉，算起来都是千千万万。友人非常聪明，研究了一套换算港币的方法，那就是用手指把里拉后面两个零一遮，再除以二，便是港币。

一百五十万里拉 1,500,000 遮了两个零是 15,000，再除二，等于 7,500 港币，再简单也不过了。

购买时无往不利。遇到了一个香港同乡，把这方法教了她，她一试，果然不错。但下次见到她时，她哭丧着脸，问她为什么？她说："意大利店员看我这么左遮右遮，大叫：你以为这么做就会便宜一点吗？"

意大利之旅——利维亚拉

雇了一辆司机轿车，由米兰向西走到都灵。

因为这是一个游客不到的城市，引起兴趣绕道去观光。

一路上看到旷阔的原野和远处的山脉，与瑞士边界间的阿尔卑斯山之高峰 Matterhorn 出现在眼前。

认识都灵，是她近年来积极地办影展，数次来邀请香港电影界参加。其实都灵是意大利的重工业中心，菲亚特汽车原产地。她有个汽车博物馆，第一架从北京竞赛到巴黎的优胜菲亚特车在此展出。

城市的法国味道很浓，比起米兰，她有更多的古建筑物，非常壮观。但是可恶的德国人和日本人，专在这里卖汽车广告，到处屋顶上可以看到奔驰和日产的大招牌。

在一家五星旅馆下榻，柜台管理员呆头呆脑，走进房间，小得可怜，又没有浴缸，淋浴处很狭，胖子挤不进去，这五星是怎么定的？

放好行李到市中心的罗马广场，名牌店虽林立，已无购物欲望，坐在路口咖室看本地人走过，意大利女人十四五岁，美丽，一过十八岁多发胖。坐了一会儿便回酒店，怕看多了变成脏老头。意外收获，是看不到一个日本人。

司机带我们到山上一家别墅吃晚餐，它被一个私家小森林包围着，环境美得不得了，住在这里一定长命，别墅花园正在举行婚礼，新娘一走出来，吓得我们一跳，看起来是个近五十岁的老娘。

第二天清晨六点起来，星期日菜市场关门，没地方好去，正在徘徊，遇到那个呆头呆脑的酒店管理员起来上班，不管三七二十一地拉他去附近酒吧。他要杯咖啡，我来瓶啤酒后抢着付了账。

才十几块港币，这个人好像欠了我一生一世的人情债，拼命地和我交谈，脸上充满笑容，冰一融开，意大利人是好客的，是热情的。我们出发之前他还亲自帮忙提行李，又赶进柜台拿出几本酒店的宣传小册，要我们再来。最后拥抱一番才放我们上路。这家烂五星酒店，有了他，印象好像不太坏。

由都灵南下，直奔意大利利维亚拉，一般游客只知道有法国利维亚拉，像尼斯和戛纳等城市，意大利的海滩在地理上是一线牵的，故不逊色。

先到热那亚（Genoa）看看，哥伦布是最出名的热那亚人，市中有他的一个巨大的铜像。热那亚也是意大利最重要的港口，但是最吸引我们去的是，马克·吐温在他书上说热那亚的女人，是意大利最漂亮的。

胡说八道，我们兜了好几个圈，看不见一个美人。

美食倒是有的，一家沿海的小餐厅叫“贝尔的老客栈”（Antica Osteria Del Bai），其貌不扬，但一走进去，布置得一尘不染，高贵典雅。架上各种 Grappa 玻璃瓶，每瓶样式不同，令人爱不释手，想买回去，怕打烂，算了。鱼虾蟹都可口，尤其是地中海龙虾，样子介乎香港龙虾和大型濑尿虾之间，是吃过的龙虾之中最鲜美的。

经一条又弯又曲的海边小路，抵达“良港”（Portofino），这里有旅程中最豪华的旅馆 Splendido。临海靠山一走进去就看到大堂中挂着无数的皇亲国戚照片，大明星如葛丽泰·嘉宝、亨弗莱·鲍嘉、贾利·古柏、格丽丝·凯利都签名留念。

每间房间各有阳台，由窗口望去都是有风景的 room with a view。房中的古董家俬和镜台里藏着最新技术的电话传真机。一按钮，镜台里的电视机升高。浴缸是巨型的耶库齐喷泉，高级享受应有尽有。

酒店的山丘小道上建着各个角度的瞭望亭看海，最大那个是烛光餐厅。鱼子酱、醇酒、吃不尽的牛羊鱼虾，可惜都是些上了年纪的客人。这世界很公平，年轻刻苦，老了享受；年纪太轻，也没心情欣赏这里鲜红的夕阳。

出发去维罗纳（Verona），这个让莎士比亚歌颂无数次的城市，怎能错过？

走到山顶上的城堡餐厅望下，弯曲的阿迪杰河穿过玫瑰红的古建筑物，城里的屋子都是以当地出产的粉红大理石铺面的，不被近代文明污染，时光倒流。

大批的游客手拿地图，沿着 Via Cappell 走去，少女居多，她们在追寻朱丽叶的住屋，路边挂着一个朱丽叶餐厅的招牌，很煞风景，但走入深深的庭院，我们看到了那个阳台。

这就是罗密欧求爱的地方，但是朱丽叶不在阳台上，她被铸为一尊铜像，立于院子内。

啊，可恨的游客，搂着铜像拍照，朱丽叶右边的胸部被磨得发光。一个面貌猥琐的亚洲人毫不客气地拨开人群，跳上铜像，以他的矮小依偎着朱丽叶，用右手拼命揉捏着她的乳房，叫他的同伴替他拍照，我不禁狂怒，用粗口呼喝一声，其他游客都叫好，这家伙才乖乖地爬下来。

要是狗财狗势，一定叫意大利政府把铜像搬上阳台，不被这些禽兽游客蹂躏，才能消此心头大恨。

威尼斯——意大利之旅

由陆路抵达威尼斯，必得在码头下车，从此你可以乘水上的士或巴士到达你要住的酒店。

但是那么多行李，怎么去搭巴士？水上的士倒是有工人为你搬上去的，几件东西，得付近两百港币的小费。水上的士不消五分钟就把你载到，费用是四百五十港元。

是的，威尼斯是专门宰游客的地方，却非去不可，因为这世界上只有一个威尼斯，永远的威尼斯。

王子、公主、名人、艺术家、富商，不到威尼斯朝拜不死心。她在历史上有光辉的一页，是天下最繁华的都市之一，但早已没落。

当年拜伦来到，在他的诗上说：这个垂死的荣耀微笑地围绕着我。

我们去的时候，已比拜伦迟上一个多世纪。威尼斯的几十万人口走得剩下八万人。生活、税务、维持费之高，迫得她变成一个死寂的城市，只靠游客苟且偷生。

从电影《Don't Look Now》和《死在威尼斯》得到的印象，威尼斯线上卖的都是死亡。后者的原作者托马斯·曼，更形容轻舟贡多拉为："没有一种东西比棺材更漆黑，除了贡多拉。"

晚上乘着贡多拉游水乡，一个半小时的航程，船手要求两千港币，但在无人问津时，他会减至四百。

来了威尼斯不坐贡多拉怎行？就算两三千，这个经验在别处买不到。船头有一个像竖琴又像英镑符号的设计，船舱看来很小，但可坐六个人，一对情侣横卧着是最惬意的了，就算是棺材也不要紧。单独来，最好是高价雇个拉风琴或弹吉他的歌手陪伴，要不然，看着黑暗的水上巨宅，越来越凄凉。

船夫指着一间间的建筑物，这是马可·波罗的家，这是莫扎特住过的，那是卡萨诺瓦的巨宅。

卡萨诺瓦住的地方真大，再藏多少个太太情妇都行，何必再去勾引人家的老婆呢？真贪心。

一座座的桥梁在贡多拉的顶上盖过，威尼斯一共有六百四十座桥，各有其名。印象最深刻的"叹息桥"，建在宫殿与狱牢之间，公侯伯爵在宫中被定罪后，走过这条桥，长叹一声，由此命名，又与死亡相关。

由叹息桥远望一个长着双排绿树的小岛圣来雪，非常美丽，友人要拍照，我说这个岛没什么好拍，是一片坟地。

一到早上，威尼斯活了起来。

河流像弯曲的道路，塞满交通工具，最小的是摩托车式的独木舟，到四人乘的水上的士、货车型的汽轮、九人巴式的小型船、大巴式的一百五十人以上的渡轮，舟流不息。

住的Gritti Palace Hotel也是西嘉集团经营，靠在大运河边，超过一条街就是码头，乘大巴士船，二十块港币船票，几个站来到利亚都桥了。这是全市最大最漂亮的桥，两边行人，中间还可建两排商店，桥上有屋顶，比“麦迪逊郡廊桥”，不知要美出多少。

在利亚那桥的左边是菜市场，清晨六点多便营业，批发蔬菜、水果、肉类。工人用长板条的手推车载货，真奇怪，和东京筑地市场用的一模一样。

本来各地的菜市场附近一定有熟食摊儿，可找到美味便宜又丰富的早餐。威尼斯市场例外，意大利人不注重此顿饭，只有零丁的几家酒吧在做生意，客人喝一小杯咖啡，吞一块夹熟肉火腿的面包，就那么算数，太虐待自己了。

折回酒店进食，自助餐中有各种选择，摆在阳台上，泡一壶自己带来的铁观音，望着河流和大教堂慢慢叹。

栏杆上飞来许多饥饿的麻雀，我把桌上的一个英国贝格圆面包放在上面让它们吃，一只强壮的霸占着，赶开其他弱小的鸟，我再放另一个面包在一旁，他妈的，这只可恶的东西又跳过来独吞，左一啄，右一啄，别人没份。鸟类之中我最讨厌麻雀了，吃禾花雀一点也不觉得残忍。

饭后和友人去慕兰诺岛，这里以制造玻璃著名于世。先让客人参观玻璃厂，由名师用吹管把熔化的硅液吹泡，然后用铁钳左拉一下右拉一下，拉出四条腿来，又以巨剪切断，再按数下，便变出一只奔驰中的骏马，都是由经验累积下来的功夫，匠味多过艺术。

玻璃厂设有陈列室，一间又一间，布满玻璃吊灯、食器、装饰品和首饰，近万件之多。经理亲自招呼，认识友人上次买过，是豪客，拼命东介绍西推荐，结果友人买了好几盏吊灯，数十万港币一盏。经理说："来这里的客人是选心水，价钱不是问题，到底，这是慕兰诺玻璃呀！"

买完后，玻璃厂派专船送我们回大岛，船员穿上制服，有如劳斯莱斯司机。

在圣马可广场下船，意大利每个城市都有广场，广场前的建筑物一定是教堂、宫殿或是行政院，可见古时统治者特别喜欢演讲，一有空就召集群众在广场中强迫他们听，当年没有收音机和电视之故。

广场周围都是店铺，卖的多是假货，上次来看到许多仿制的Bvlgari商品，可能是意大利政府保护国货，抓得厉害，现在照样买假东西，如法国名牌仙奴等。

夕阳下的圣马可广场特别罗曼蒂克，由咖啡厅组织了两队乐队轮流地在先后的台上演奏，有一队专奏古典，另一队是爵士和流行曲，当时奏的是《纽约·纽约》，破坏了威尼斯的气氛。

最后到丽都岛，这里是电影《死在威尼斯》的背景所在，一切面目全非，曾经说过，要死在威尼斯，也找不到美丽的地方死。

还是继续活着逍遥去也。

巴黎印象

巴黎整个都市，就是一间大博物馆。

市中心的街道，政府绝不让人民修建，连要油漆粉刷，也须得到政府的批准，才能进行，所以巴黎一直能保持她那残旧但是美丽的容貌。

最不喜欢的那个铁塔，像插在美女心脏上的一把短刀。友人解释是在最初的世界博览会建的，当时被誉为是超时代的最新建筑。

虽说如此，我还是觉得它与城市的其他一切都极不调和。

拉丁区蒙马特以前是艺术家麇集的地方，现在看到的是一车车游览巴士的旅客。

街上卖的是低俗的所谓艺术品，真让人心痛。我走到几条小横街，反而找到许多又精又美的建筑物。友人指出这是毕加索住过的，那是海明威从前的家。走到山头的教堂，可俯视整个巴黎，她没有曼哈顿的高楼大厦。在曼哈顿，也不会有巴黎那种给我发古人幽思的感觉。

归途中，遇几个穷艺术家在卖发萤光的塑胶带子，他们将带子绑在头发上，或结成眼镜框戴在脸上，在黑处发光，甚新奇。

同情那些青年，买了几条。

塞纳河像一条围绕在美女头上的丝巾，我在小酒吧中买了杯酒，走到河畔，慢慢细饮。

河水不清，但没有臭味，黄金色的落叶掉在河中，一叶，二叶，无数叶。

由酒店步行两三分钟，见夜晚的香榭丽舍大道，灿烂的街灯，像是一无穷大的舞台，这里世界各国的王孙贵族、政治家、艺术家，各种名人和各类的流浪者都集中在这条街上，安闲地徜徉徘徊。

不散步的人坐在街旁的露天咖啡室，叫一杯红酒，喝上好几个钟头。

他们都穿着最时髦或最标新立异的衣服，端正地坐着给人家看，也一直在看人家。

不知不觉地也被卷入这种展示奇装异服的气氛中，我把黑西装整理一下，拉直了领带，拿出刚才在蒙马特区买来的发光带结在襟上，在风袂飘飘中，挺直腰散步，倒也引到不少巴黎人回头来望。

有个财团在香榭丽舍买下了两座大楼，将内部完全改革，一律粉红色，装修成全世界最俗气和最昂贵的酒店。

友人认识这酒店的经理，带我们进去参观，他说房租由最低的三万港币一天起码，最贵的是天文数字。包括一个私人秘书、一个酒保和两个侍者。

进去一看，一些房里有室内网球场、电讯机、影印机，不像房间，像大堂。天啊，都是粉红色！

我问说那么多空房，是否客人不多。经理答道他们的房间已被订满，那些阿拉伯人一订就是一年，不过只住几天。其他人住不起，连前任美国总统卡特住了两天，也嫌太贵，搬到别的地方。

我的朋友在圣母院后面的小巷里开了家小书店，堆满有关东方的书籍。发现许多香港未出售的，他已经有了。这个人真悠闲，一看到我便关了店铺，带我回他的家。

他住五楼，巴黎的建筑物间间是古董，没有电梯。爬到一半熄灯了，我以为是停电，他伸手按一个掣，灯又亮了，原来是十分钟自动停一分钟，节省电源的玩意儿。

如果遇到那一分钟，那便用人工开灯。想想也不错，香港应该学习。

巴黎的住宅，多数是厅和卧室都小，厨房特大，可见法国人重视吃。

我们到一海鲜餐厅，叫了生蚝、龙虾和螃蟹等。侍者捧着一个直径三英尺的大银盘上桌，下面铺着碎冰，上面把海鲜排成一图案，很好吃。

但法国菜多秀气，像永远都没有一餐吃得饱。

到卢浮宫去，一大群的吉卜赛和阿尔巴尼亚小孩专在那里当小偷，看见一个游客在追赶，将小扒手抓住，送警察。

友人说他们都未成年，抓进去放出来，放出来又抓进去，他们一家都要靠他们来养。

每一个住在大都市里的人都有他们的生活智慧，可以奢侈，亦能节省。巴黎的物价和房租比香港便宜。和巴黎一块儿终老，也是个好主意。

买卖梦的城市

从巴黎乘一小时多的飞机，便到达戛纳。每年五月间，当欧洲各地还冷的时候她已经有夏天的炎热，喜欢电影和靠这一行吃饭的人就麇集于这里，开始在拉上窗帘的酒店房，或是在黑暗的电影院中，买卖他们的梦。

她的特征是一片洁白的沙滩。隔着条种满大棕榈树的大道，便是整排的旅馆，后面有数十家大大小小的戏院，几条有很多商店和餐厅的街，便没有其他的店了。

举行公式影展的大会堂挤在酒店之间，挂满各国的旗帜，艺术片都在里面放映。但真正代表戛纳的中心是间叫卡尔顿的旅店，它给电影大亨们包了起来，小生意人租不到房间，门口和大堂布置无数电影的海报和剧照。

大手笔的美国人在卡尔顿酒店顶楼外挂着“小安妮”一片的巨字。白天看没有什么特别，到了晚上，由远处射来一道红色的激光，在每一个英文字母上染色照耀，再放出七八条绿色激光，无尽止地透露入漆黑的天空，光线不停地跳跃，远近看皆清楚，俨如星球大战，是最新和最豪华的广告术。

有些电影根本还没有开拍，先设计了大张引人注目的海报贴在墙上，就以此做起买卖来了。制片人真有三两散手，怪不得人家说制片，制骗。

海滩被那几间大酒店分割，各摆出沙滩椅供应人客晒太阳。这是第一次来到戛纳的外国人最喜欢的地方，美女如云，都赤裸上身，剩下一条小小的泳裤，要是法国政府没有限制，这些女人还要坦白。

游客起初提了相机，像小偷一样东拍一张西拍一张，后来发现她们根本不在乎，胆子又大了走上前去，女人迎面一笑，更是做出种种姿势，让你拍一个饱。

几十个裸女，让你看一整天，什么样都会看厌，她们的作状更是不讨人喜欢。远处有一个公众海滩，这里是属于大家的，虽然看不到什么美女，但是一家人乐融融地在嬉水，几个乳垂及腰，或可翻背的妇人带着小孩子散步，她们对自己的身体没有一点羞耻，反而比那些美女来得自然。

戛纳的另一特点就是贵，吃一顿午餐五十到一百美金不等。看所有电影的票子是两百美元。

躲在小酒吧中挨面包的青年，免不了有点自卑感。不如在街边卖纪念品的非洲女人，她把婴儿背在身后，已是一种高明的商业行为。不能估计她一天赚多少钱，但返巴黎的飞机上看到她在呷陈年红酒。

到处都有音乐，是来自流浪乐队街头的演唱。他们并不干扰行人，自得其乐地享受。给他们多少钱也不在乎，也许，他们会遇到一个赏识他们才能的制片者。

另一个穷艺术家在行人道上画卓别林和小孩，用的只是黑白二色的粉笔，比我看过的许多职业者画的海报还要精彩。

东方电影商人在大街上为政治立场不打招呼，结果却都挤到一间小中国菜馆中，面对面地坐下。

遇到一个由东南亚去的制片，在酒店咖啡室中追求身材饱满的金发美女，他一把将我拉住，要我坐下来。我无奈，只好让他请一杯酒。这个人告诉我，他已经和那女人谈了两个小时，要她去拍电影，但是言语不通，怎么说也搞不清楚，请我当翻译。

我的法文也不行，只知道制片人醉翁之意不在酒，向那女人伸出三个指头，又指指楼上房间。

她甜蜜地笑笑，娇柔地“魏儿”一声，大点其头，跟着那制片人上楼去。

买片子的人凭直觉去购入，有如买奖券，输了便得到一部没有戏院肯为他们排出的电影，赢了又可借此吃个几年。

名制片家通常只租了间套房，等待客人来接洽，小牌的只好在各地找摊位，并安排好试片间，派出宣传品，但是多数都是白等，没有人买就是没有人买。

总之，这里不是买就是卖。

热门的商业片，试映会里挤满了人，千方百计才弄到一张请柬。

参加竞选大奖的电影，观众吃完宴会的鸡尾酒后在戏院里呼呼大睡。

艺术，一公斤值多少钱?

故居

游维也纳，免不了到多瑙河、黑森林、歌剧院、博物馆去。司机识英语，兼做导游。

“那是贝多芬故居，要不要停下来走走？”他问。

屋子有个小花园，进入大厅，墙上挂满贝多芬画像和乐谱原稿，却不摆钢琴。

“这里没有，在另一个他住过的地方才能看到。”司机解释。

经郊外，他指一栋小房，说：“贝多芬在这里去世，死后用石膏盖了一个模子。”

走马看花地逛了一圈，又上路。

“这里还有一间也是他住过的。”司机说完又指另一处，“那也是贝多芬故居。”

“到底贝多芬在维也纳有多少间屋子？”我问。

“二十几间。”他回答。

“为什么那么多？”

司机不厌其烦地解释：“因为贝多芬晚年耳朵聋了，钢琴弹得很大声才能听到，邻居嫌他吵，把他赶走。”

可卡因故乡

一提到哥伦比亚，即有两个形象出现：拿着火炬女神的美国电影公司，另一个是遍地可卡因的国土。

这次去的是后者，从香港出发乘十一个小时的飞机抵洛杉矶，再飞九个钟，才能抵达哥伦比亚的首都波哥大。看机内杂志的地图，刚好是从地球的一边走到另一边去，绕了一个半圈。

从窗口望下的波哥大，一个在海拔四千米的高山盆地，树木被浓雾包围着，和平而壮观，电影里要重现这个印象，不知道要放多少人工烟雾才能造成。

海关没给我们麻烦，等行李倒是花了一个多钟，别人的全部提走，唯不见我们其中一件。刚要骂是什么贼国家，皮箧出来，自愧怪错人家。

机场到市中心酒店二十分钟，是个理想的距离，想起要花一个多两小时的东京成田，便要诅咒。

旅游局安排下榻的酒店，是间有百多年历史的巨宅，环境幽美，每一个角度都能成为沙龙作品，想是价钱不菲，但只住一宿，伸长了头项也没什么了不起。

当地工作人员要到下午才集合，乘着这数小时的空当，租了辆的士逛逛。我每到一处工作，必先到菜市场，观察当地生活水平。雇起人来，他们漫天开价时，我总懒洋洋地："你们的牛肉一斤才多少钱？这个月薪，可以吃上一年。"

街市中的肉类和蔬菜选择极少，可见是个贫乏的国家，但水果各类奇多，即刻买了在香港吃不到的仙人掌果、热情果，似水果又像蔬菜的野番茄，各买一公斤，价廉得很。

肉茶档旁边一定有熟食摊子，哥伦比亚人典型的食物是将牛肉斩件，放进去大量小型洋薯熬汤，另外便是猪肉肠和牛血肠。

买包大蒜下菜，相等于两块钱港币，小贩找不出零头，一位和蔼可亲的老太太路过，代我付了，正要感谢，她已走远。小贩乘机把我那张五块纸币夺去，本来要抗议，但言语不通，纠缠不清，不想在小钱上浪费宝贵的时间，也就算了。哥伦比亚和其他地方一样，有好人，也有坏人。

折回旅馆，将买来的东西铺满在庭院阳台上，拿出由香港带去的红印普洱，沏茶叹叹。

第一个诧异是当地没有开水！

"要开水干什么？"服务员问："喝热的，我们有咖啡呀！"

哥伦比亚咖啡闻名于世，就有我们这种人偏偏不喜欢喝。

唉，不解释也罢。自己闯进厨房拿了个锅去煮，放入茶叶，喝“煮茶”。

下午工作人员来开会，所列出报酬十分合理，超时工作，彼等亦不在乎，可见多数人还是辛勤和诚实的。

翌日上路，坐的是辆小巴士，穿山越岭，没有一条平路，多疲倦也被摇醒，不成眠。我们一共去了哥伦比亚的三个大都市，波哥大、麦德林和卡利，有看过数十个西班牙的小镇，终于找到理想的外景地拍摄电影。

哥伦比亚人种相当复杂，有些较白的大概是西班牙人的后裔，也有棕色的印地安土著，更有南部皮肤黯黑的，或者是黑人的混种。一般上，他们活得像流浪在欧洲的吉卜赛人，也许吉卜赛的祖先都是由哥伦比亚出发的。

吃的东西除上述的牛血肠之外，各地都有它的特色。印象最深的是抵麦德林之前的一家餐厅，厨房是开放式，客人围着它坐，中间的炭炉中有几个大锅，煮着大豆和猪肉之类的汤，客人叫肠子或牛扒，就当你面去烤。

看到一块块食物，认出来，大叫：“猪油渣！”哥伦比亚人炸猪油渣真有一手，一大块炸得干干的，用手去搣一片，爽脆得很，手指上竟然一点油也不沾，入口细嚼，一阵香味，是天下无双的享受。

但是各种食物我们都觉得淡，他们有种叫 Aji 的酱汁，读成亚喜，用盐水泡着洋葱蓉、大蒜片和指天椒制成，以亚喜佐之，任何食品都好吃。同行的导演张文干专爱此味，进餐前一坐下，即大喊：“亚喜、亚喜！”

香港的朋友一听到哥伦比亚，便以为我们进入蛮邦，一去无命。其实麦德林等地高楼大厦林立，颇有大都会风格，虽然治安有点乱，曾目击一个小孩子拿了三角锉刺一女人手臂而抢她的皮包。但是每个大都市都有罪犯，香港何曾不见悍匪拿机关枪？

至于可卡因，它是由植物提炼出来的纯天然药物，呈白色晶体粉末。通常是卷了一张一块美金钞票，用它当吸管伸鼻孔吸入，过数分钟便产生全身松弛而舒服的感觉，整个人开朗起来，做任何事都充满信心，效果过后，便疲惫不堪了。人称之“富人大麻”，价钱比海洛因等硬性毒品贵十几倍，以为在原产地可以买到便宜货，那是大错特错，当地人闻之色变，政府抓得很紧。

我们拜访一位友人，庭院中种了一棵可卡因树，有两个人般高，白的小花，发出香味，样子和味道都像我们一种叫“水梅”的植物。叶子不大，所说土人食了可卡因叶便可以消除疲劳，我们这几天时差作怪，晨昏颠倒，又长途跋涉，整个人快要散掉，见到此叶，即刻拿三数片来嚼，可惜一点效果也没有。

问道：“我们以为到处是可卡因的，怎么来了这么久从来没看到？”

朋友耸耸肩，“都卖到美国去了。其实，和他们输出香烟没什么分别。大家都需要外汇！”

欢乐墨西哥城

我父亲的诗句中描述他看到的情景:“下界翻如天上海,万家灯火乱春星。”

直到最近才亲自体验,那是在飞哥伦比亚的夜航机中,从窗口望出,见到的墨西哥城。这是世界上人口最多的都市,一共有二千万人,比香港要多出三倍以上。

我们一行从哥伦比亚看完外景,折回墨西哥,再寻找另一个可能性。

一下飞机,我便知道导演张文干已经爱上这个地方,今后的电影会在这里拍摄。

理由很简单,我们在哥伦比亚遇到的,虽说都是有拉丁民族血统的人,但脸上很少笑容,在墨西哥城,经过一个卖汤的摊档,一停下来,小贩便喋喋不休地解释他的汤是怎么好喝,不管你听不听懂他的西班牙话。

是的，墨西哥人天生的乐观、好客、热情，是你能够感受到的，最奇怪的是空中好像有个无形的乐队，我们住在那里的几天中，像不停地听到美妙的音乐。

带路的歌丽雅是个精力充沛的墨西哥女子，一口流利英语，却从来未出过国，她解释是从小在国际学校读书，但表达能力主要还是靠看美国电影、电视学来的。

还没到过墨西哥城的人，很难想象到她是一个怎么样的地方。电影中得来的印象，总是乱糟糟，街上走着戴大帽子、披着被布、留两撇大八字胡子的土著，养着一只驴子，永远睡午觉。

完全的错误。

这个都市有极摩登的高楼大厦，每一座建筑物都有它独特的个性，不像多伦多、温哥华那么单调。市中心的高楼，像一只巨大的八爪鱼的头，脚部伸展出去，密密麻麻地住满了人，由城市的这一端开车到另一端，需一个小时，塞起车来，甭说了。

墨西哥城建在一个巨大的火山盆地中，随着城市面积的扩大，人民填湖建房，除了汽车造成的公害之外，大家还抽大量的地下水，使整个都市在近六年来下沉了四五米，这是最可惜的。

从来没有看过那么多的福士乌龟车在路上行走。

原来乌龟车在德国停产之后，只有墨西哥厂还是大批地制造，的士多数是用乌龟车，司机旁边的座位拆掉，后面乘两个人，是墨西哥人最常用的交通工具。我们先到一家小餐厅吃午饭，桌上摆着一壶乳白色的饮料，免费任客人喝。进口，发觉是鲜甜的果汁，是南洋人叫红毛榴莲，香港称为番鬼石榴的水果。

男店主热烈地招待，还折了一朵鲜花送给我们的同事小陈，吓得他不敢作声。歌丽雅更笑得腰都伸不直，硬要留他下来当驸马。

墨西哥人主要食物是大豆熬出来的汤，加西红柿和红灯笼椒，我们的印象是辣椒愈大愈不辣，但别给墨西哥人骗去，这里的大灯笼辣椒辣起来，最致命的。

另外的主食是火腿、蛋、香肠等，大概拉丁民族都有泡制大蒜和指天椒当酱料的习惯。导演张文干最喜欢这味东西，又大叫："亚喜、亚喜！"店主便把辣椒酱拿来，大家饱腹后上路。

一离开吵闹的墨西哥城，不消一个小时的车程，便能找到比美国大峡谷更壮观的沙漠和峭壁，这里东西比美国便宜，拍起西部片来是个理想的地方。

一看到巨大的岩石，足足有摩天楼那么高，像《第三类接触》里的那一块。

其他国家的名胜古迹，至少要三四个小时才能看到，墨西哥的金字塔就在城市旁边，四十分钟车程罢了。

和埃及的不一样，这里的金字塔比较有层次，但是我还是喜欢埃及那直不隆咚的金字塔多一点。墨西哥金字塔在西班牙人入侵时遭到严重的破坏，现在存着的只是骨架，表面的巨石都被拆走，墨西哥城中殖民地时期留下的楼宇，全部是金字塔的石块建成。

再看多个小镇，都有古朴的西班牙风味，我们满载而归。

晚上，歌丽雅的男友开了一辆九人小巴来载我们去兜风。一行人先到国会广场，有如莫斯科红色广场那么大，教堂是经过几百年才建成的。一座座加起来，不同时代不同建筑设计，糅合在一起，成为全球最大的教堂之一。

值得一提的是广场中一年三百六十五日，每天都有人麇集在那里抗议不平等待遇，表现政府的开明。

车子再转入加利鲍蒂广场，哗，灯光如白昼，有几百个流浪歌手 Mariachi 在唱歌，他们拿着吉他，身穿传统墨西哥牛仔的狭身皮衣裤，戴大帽，各唱着自己喜爱的歌曲，歌丽雅男友下去交涉之后带来了两个。

原来这些歌手都可以用低价雇用，把他们放进小巴士的后座。我们一路游车河，他们两人一路不断地唱歌，不叫他们停止，他们就得一直唱下去。

真人卡拉 OK，好大的一个享受。

黎明，大家还在睡觉。大概是昨晚的玛卡酒（Mezcal）喝得太多了。玛卡和特奇拉一样是用仙人掌酿的，但前者经过提炼再提炼，近百分之百的酒精，其他的零点几，不知道是什么杂质，造成一种很古怪的味道。

只有摄影师阿梁起得身，我们请了一位能操英语的司机，直奔市中心最大的菜市场。

菜市六点钟已很热闹，可见得人民是辛勤的，生活水平越高的地方，菜市场越开得迟，九龙城小贩们到七点钟还没有起身呢。

最抢眼的是水果摊位，一排排数十档，尽是些未曾见过的果实。很奇怪的是一类柚子那么大的棕色东西，即刻请小贩切开，里面的肉呈鲜红色，中间一核如榴莲之巨，用汤匙舀着试，原来是南洋人称为咨齐古的仙人果，香甜无比，那么大的仙人果，拿来香港卖，发达了。

价钱算便宜不便宜，贵也不是贵。两个大仙人果一共十个比索。墨西哥货币不难算，一块钱美金等于三个比索，一个比索等于三块港币。一般上，墨西哥的消费指数，和香港是一样的。

蔬菜方面，堆积如山的是一片片的仙人掌，小贩们用刀子把仙人掌上的尖刺刮掉，便能煮来吃，做法和味道，像我们的柚皮。

墨西哥人也吃芫荽，而且相当大量地吃，什么汤或肉，都像不要钱地扔进去。

肉食档中卖着鸡、牛、羊等，特别的是他们猪肉摊子的猪油渣，不知道用什么办法，他们把整片的猪脂肪炸得有雨伞那么大，挂在档前，看起来像一匹匹的布。买了一大片，小贩们用个大透明塑料袋子替我装起来，翘起拇指，用西班牙话说："你够勇气吃百分之百的胆固醇，有种！"

酱料摊上卖的是一大桶一大桶的赤色磨糊，这是最典型的墨西哥酱毛利（Mole），用辣椒、巧克力和多种香料磨制。淋在鸡肉上吃。巧克力入菜，怎能想象得出？真的服了他们。

凡是菜市场一定有熟食档，而且一定是最便宜、最好吃的。看到一家人在熬内脏汤，用的是大量的牛筋、牛肚和骨髓，但还没煮得够火，只有吃旁边的多蒂亚。

多蒂亚是墨西哥人的饭和面包的结合体。把玉蜀黍磨成粉，加水后揉成圆团再压扁烤之，吃起来有股浓厚的黍米味，很香，但也易填满肚子，不宜多吃。

多蒂亚档是这样开的：先有一个一张圆桌那么大的鼎。四周有凹进去的圆格，中间部分用来炒菜，把牛肉、鸡、蛋、猪肝等等和椰菜、菜心等炒后推进圆格里，鼎下生着火保温，热腾腾、香喷喷的菜式显在客人的眼前，用手指一指，小贩便拿着两片多蒂亚包着菜卖给你。

我们只要了一片多蒂亚，每一样菜都试了一点，老太太笑嘻嘻地没有反对，但到了埋单，她就愁眉苦脸，不知道怎么算才好。

结果推了一张十个比索三十块港币给她，她即刻满怀高兴起来。当然没有嫌少。

启程到摄影灯光器材公司问价钱，歌丽雅每到一处停下来问路，途人千篇一律喋喋不休地解释，像是把自己家的地址也要说明才过瘾。我们挡着路，后面已挤了几辆车，他们“不”都“不”一声，耐心地等，在香港早就被人破口大骂。

“你在这里住了那么久，怎么路还不熟？”责问歌丽雅。

她懒洋洋地：“墨西哥城，路名相同的很多，一共有四万五千条街。住上一百年，也得问路。”

之后我们又出城去看几间豪华巨宅，都设有游泳池，屋内设计弯弯曲曲的，变化极多，忽然又出现多一个大厅，走进又是个大食堂、会议厅、天井、屋中花园、露天浴室、更衣间、卧房，各个地方都大得不得了，真会享受。

在马廊改装的餐厅，看着这百多年的建筑物，发怀古之幽思。叫了一杯闻名于世的玛格丽妲鸡尾酒，酒杯缘上镶着细盐，入口，发现这里的玛格丽妲酒精极浓，连尽三杯，必大醉。想起这个酒的传说：

> 一个英俊的青年爱上一位美丽的墨西哥女郎。一天，他们上山狩猎，她看到一朵红色的花，俯身去采，给路过的猎人一枪打开了胸膛。伤心的青年开了间小酒吧，数十年来他不断地想念她，用特奇拉调酒，擦着酒器，他好像抚摸着她的身体。这青年调出来的酒，大家都爱喝，只不知叫什么名字，到青年临死之前，他细声喊着女郎的名字：玛格丽妲。

歌丽雅听了说她好喜欢这个故事："其实像我们这么能够沟通，已经分不出什么是墨西哥人，什么是中国人了。你说是不是？要是有一天，大家都那么开放、豁达、乐观，那么世界上再也不需要什么境界，这些人组成一个国家，生活在一起，每天唱歌、跳舞，那有多好！"

我点点头："到了那天，就把这块乐土，叫歌丽雅好了。"

墨西哥二三事

我们住的小镇叫 Cuautla，离开墨西哥城两小时，宁静、幽美、空气清新，晚上，可以看到满天的星斗。

起初还是有戒备的，以往的经验告诉我们，小地方总有些小偷或扒手。来到这里才发现很安全，半夜三更在路上散步并不危险。

当地人是友善、热情的，街上走迷失，问一问酒店，他们大概闲着没事，亲自把我们带到。

租了些人家当外景地，走进一看，洗手间打理得清洁，得到另外一个印象，是墨西哥人很爱干净，与我们在电影中看到，戴着大帽在路边睡觉，是不同的。

一早一晚，气候有点寒冷，中午大太阳，就像香港的夏天那么热，可是是清爽的，不太会流汗。衣服洗完，就算是很厚的牛仔裤，挂一晚，即干。

到处没有冷气，我们住的旅馆也不例外，但为了让演员好好地休息，请酒店老板特别安装，冷气机的纸盒子上写着是飞利浦的牌子，但原产地是台湾。

这里的经济受美国影响极强，什么东西都以美国货居多，就像我们受英国影响，常看到好立克、阿华田一样。

菜市场的小贩很老实，不会讲价，偶尔，也遇到一个算多你几块钱的，十次撞到一次吧。所卖的猪肉都没有皮，他们屠完猪把肉挖了出来，整下的猪皮一大片一大片地炸来吃，是墨西哥人的主食之一。猪皮就那么吃，像我们的猪油渣，也可以用来炮制，以番茄洋葱等煮之，做出来的食物像鱼肚，也像海参，很可口。

除猪皮，他们还吃大量的芝士、牛油果等等东西，所以肥人特别多，尤其是上了年纪的家庭主妇。好了，她们拼命想减肥，市上卖着中国产的减肥茶，很流行。打开一看，原来是番泻药，这种违反自然，让饮者轻泻的行为很没阴德，多喝了身体会坏的。减肥茶卖得还很贵，直到他们的草药市场，看到有大量的番泻药出售，价钱贱。咦，原来他们本来就有的嘛，当然，番泻药嘛，是番来的。

水果中，橙最便宜，一大袋的橙共十公斤，只卖十比索，约二十四港币，有五十多粒。样子没有新奇士橙那么美，甚至可以说很丑，但汁多而甜。他们喜欢榨汁喝，一大杯橙汁由六至七个橙榨出，有时把一个鸡蛋打进去。就那么喝了当早餐，看了怕怕，不敢尝试。

供应饭食的老板，在我们休息时常拿些切开的橙给我们当零食，还在橙上撒了一些辣椒粉，起初吃不惯，后来也接受他们这种吃法，是不错的，至少不必怕胃寒。

橙，墨西哥话叫“那兰哈加”，发音很长，老板整天喊着“那兰哈加”、“那兰哈加”。后来他问我们橙在中国话怎么叫，我们回答说：“橙”，发音极短。那老板很不习惯，再问软硬天师，软硬天师回答说：“冚家铲。”他才满意，以后拿橙给我，对着我们喊：“冚家铲、冚家铲！”

年轻男女，在街上拥抱、接吻、抚摸，这是生长过程，他们的家长似乎也不大去反对。吻起来，吻得很长很长，有时几小时，我们拍戏拍完几个镜头，还看他们在吻。

男的多数是十五六岁才懂得做这些事，女的十三四岁便开始。世界上很多地方都是这样，男的慢过女的，也可以说男人蠢一点吧。

吻呀，摸呀，就生起孩子来。我们参加过一个婚礼，大堂中集中不少亲戚，谈个老半天，婚礼还没开始，到了半夜十二点，乐队大奏音乐，大家才唱歌跳舞，一直弄到清晨四五点，才散。当然新郎新娘已没时间洞房，可是他们早已洞房，也不在乎这一晚。

在他们的民间艺术品、绘画、玩具中，很多骷髅头出现。有个很大的节日是死节，大家都扮鬼跳舞，用白糖做骨头，跳完舞吃糖骨头。死亡，对他们来讲，一直潜在于生活之中，他们很肯面对这个问题，不回避之。街上出现一队送殡的队伍。家人并不哭，默默然地抬着棺材，后面的乐队奏着单调的乐曲。亲戚们拼命放轰天炮，噼噼啪啪的。起初来到这里看到这种鞭炮很好玩，本来想买些来玩，但后来一听是为了死人放的，才打消这个念头。

墨西哥女郎长得漂亮，南部的皮肤较黑，北部的就很白，也不知道怎么混来的，有些金头发，蓝眼睛，鼻梁很高。她们的身材都是由十三四岁到二十四岁左右的最好，一过这阶段，唉，肥婆居多。

我们拍外景的地方附近有个小酒吧，老板娘二十三岁，漂亮得不得了，许多工作人员都借故去喝杯啤酒，看看她，也已满足。我常骂他们胆小，为什么不做进一步的要求呢？反正问，机会是五十五十，不问，干看，什么都得不到。

当地工作人员中也有好几位美女，一个做美术的长得不错，她比较保守，香港人多数不大敢去和她聊天，另一个联络外景的公关，人就开放得多，而且非常热情，一看到熟人就迎上去，向他们的双颊深吻，然后拥抱，这一来反而不值钱了，香港工作人员替她取了一个花名，叫她做“万人嘴”，真是缺德。

人脑跳蚤市场

纽约每逢星期天，到处举行拍卖市场，出售名画古董和杂物，洋人称之为跳蚤市场。朋友带我到艺术家麇集的格林尼治村去看拍卖，一到公园广场，哪有什么旧货？只见一群人坐在长凳上晒太阳。

原来这里拍卖的是艺术家的头脑。买家走近闲聊，他们就把自己想象的许多怪主意讲给你听，如果你认为可行便能交易，或者一次过给钱买下，要不然便付出低微的月薪把他们养活，以后所有的主意都归你所有。

其中一个大胡子拿了一块板，拼命地把螺丝钉钻进去，已有数百颗。我问干什么？他说："钻呀，钻呀！人生就是在钻。""钻"的另一个俚语亦可做性交解释。

穿名贵料子西装的老人在人群中徘徊，但看得出这套西装已多年不换。他到每一个人面前都停下，穷艺术家明知老头也没钱，反正无人问津，也详细地把理想告诉他。老人发表知音的同感，艺术家大为兴奋。夕阳下，两人拥抱大笑，俨如父子。

健康洛杉矶

加州除了太阳之外，只有橙。

纽约人常骂他们的一句话。

这次到洛杉矶，感觉到除了橙之外，只有怕死的人。

一切以健康为主题，洛杉矶人每早出来慢跑，中午滑雪轮，今晚打网球，主要的目的在减肥，但又不停地吃垃圾食品，还是那么胖。

运动做个三两个星期，嫌麻烦，或者在街上给人打抢，干脆买架机械脚踏车，在家中练练健身，不就行吗？可是这些健身器单调到极点，结果每个家庭都有一两架，放在客厅一旁，再也永远不用，人们继续胖下去。

很多住宅都有私家游泳池，所见到的多半壁上长青苔，水面浮树叶，游泳的不是人，而是那只青蛙。

到超级市场，各种奶油、巧克力、薯片，全部以脱脂或不肥为标志，明明是骗人的，这种东西吃了怎么会瘦？但是洛杉矶人还是伸手去捡那包注明不肥的。

有一家专卖健康食品的叫做“古华太太”，是连锁的，走进去一看，数千种商品，没有一种令人垂涎，尽是些不经泥土种植的蔬菜，或剥皮鸡胸肉，越看越讨厌。

我是一个极不健康的人，洛杉矶的健康形象，教我发狂。

最后到处禁烟。吸烟者被视为麻风病人。

洛杉矶机场，连厕所也不给抽烟，要走出机场才行。差不多全部餐厅都禁烟。为了做多一点生意，在酒吧抽是准许的，但这种地方少之又少。

街上吸烟没话说吧？遇见一个耳戴 Walkman 的胖八婆慢跑经过，向我伸出一根食指，摇了摇，表示反对。我向她伸出中指，表示什么，她明白。

我这次去好莱坞拍外景，住了十天，差一点没有把我闷死在那里。

主要原因是洛杉矶不是一个可以走路的都市，没有汽车便像跛了脚。有了汽车，去什么地方都要一小时以上，遇到交通阻塞，更要我老命。

吃也没有一顿吃得饱的，洛杉矶根本全无所谓的地道菜，除了快餐店，多数是新派意大利菜，什么只有蛋白的奄列或鸡胸肉沙拉等。

我每到一处，必先游游当地的菜市场，Grand Central Market

要到九点钟才开门，和办公时间一样，朝九晚五。证明当地人除了不会吃，而且懒。凡是要到九点钟才营业的菜市，没有一个是好菜市。

好莱坞再也不是星光熠熠的地方，从前在片厂拍完戏再到 Ciro's 或 Mocambo 吃饭跳舞的日子不再。那条铺满明星名字的大道，和印着手脚的戏院，只要看过一次，已不新鲜。

街上走的是向你讨烟抽的流浪汉，搽着廉价香水的妓女。目光鬼鼠的黑人，分分钟要用手枪射穿你的头。

《风月俏佳人》中的那条名店街 Rodeo Drive 算是洛杉矶最高级的地方，但什么 Armani、Ferre 等，比米兰的货色要慢个半年到九个月，绝对快不过香港。有家叫 Bijon 的，须预约才能进去购物，也没什么大不了的东西，洛杉矶人就是那么爱骄傲，买天下尖端货品的世界客，怎么想也不会到加州去购物吧。

加州的女人由自卑变为自大狂。我们用的工作人员之中，有个管交通的女子，像长大了的女顽童，见人就发命令，奇怪的是那些武师或特技人员也忍受她，这女人更变本加厉，俨如导演那么威风。

最后她忍不住，连我也要说几句，我懒洋洋地学着苏联的赫鲁晓夫，向她说："你再惹我，我就埋葬你——I'll Bury You！"

她像斗败的公鸡悻然走开，武师们拍掌叫好。

尽找一个地方的缺点，也不是我的个性。去了洛杉矶几次，我一有空就往格里菲斯天文台（Griffith Observatory）跑，也逛他们的博物馆，能欣赏的艺术品还是不少的。盖蒂博物馆（Paul Getty Museum），宽容博物馆（Museum of Tolerance），自然博物馆（Naturalx），历史博物馆（History Museum）都是好去处。远一点到亨廷顿艺术博物馆（Huntington Museum）去，可以看到不朽的巨作《蓝孩子》。

距离洛杉矶一个半小时，可抵达一个干涸的湖，这里一片一望无际的原野，和天空各占视线的一半，看得心胸旷阔。附近有家牛仔餐厅，吃一大碗的辣椒大豆，以及一大块的牛扒，原汁原味，这才叫做美国菜！

晚上住在当地的汽车旅馆。走出来数步，漆黑的天空，真是罕见。城市的夜晚，天再也不黑，被灯光染蓝，极不自然。星空中有无数的星星，月亮并不比香港的圆，但光亮得多，倒是事实。

不成眠，到旅馆小酒吧去灌威士忌，是个美国电影中经常出现的画面。柜台坐着几个老妓，前来搭讪。我请喝一杯没关系，其他没兴趣，老妓坚持要陪我走回房去，说沙漠地带，很多响尾蛇，现在的季节，是小蛇由卵中孵出之时，其害尤甚。但说什么我也拒绝她的好意。

回到房间，冷气不冷，糊涂入眠，梦见成千上万的小响尾蛇来侵，醒了又醒，一夜没好睡。

还是赶紧乘飞机返港。

都市她的名字叫

她的名字叫巴黎。

爱花，喜欢香水，着最时髦的服装，充满罗曼蒂克的气氛下，多少聪明绝顶的男人拜倒在她石榴裙下。皇亲国戚，哪一个不到塞纳河、香榭丽舍、凡尔赛宫朝拜？巴黎把自己的青春，献给了佐拉、大仲马、海明威、毕加索等等数之不尽的作家和画家，她也当过好莱坞的电影明星，拍了《An American In Paris》、《GIGI》等等，不朽的名作。

巴黎享受过一夕的风骚，但是时下前往，已发现茶花女垂垂老矣，整个都市没有什么生气，游客也不像从前那么尽欢。物价贵得惊人，要和她一起过着流浪与颓废的生活，已负担不起，连那些油国酋长也显得寒酸，匆匆过路。

巴黎现在是间红色天鹅绒妓院的老鸨。

她的名字叫伦敦。

是位大房东祖先遗下之产业，遍布全球，永不落日，不断收租，富裕家庭下长成的少女，自幼受文化熏陶，有私家博物院，珍藏由各地夺来的无价宝物；有个人图书馆，收集天下著作。

邻居的纳粹党看很眼红，不停地轰炸，但她顽强地抵抗，保住她的贞操。不过这一仗也养成了陋习，学足德国人在马来西亚大投炸弹对付马共，马共杀不了，椰子树倒了几株，结果弄得自己元气大伤。

从前霸占人家的土地，也被一一收回，再加上懒惰，失业多时，自己口袋有两百镑，就像美国人有两百年历史一样地骄傲。

伦敦现在开间 Fish’n Chips 小店，惨淡经营。

她的名字叫纽约。

个性开朗，自由奔放，一开始就被各地来的黑人、犹太人、意大利人等轮奸，以及黑手党胁索，但坚强地成长，再由五十三个亲戚把钱汇到，由一个完全没有文化背景的人物，用金钱把欧洲的戏剧、绘画、音乐买下来，建立大都会博物馆、现代艺术博物馆、卡耐基音乐厅、百老汇歌剧院等，令天下大艺术家都以亲近她为荣，不尝一下她的光彩，上不了世界舞台。

中间她学会了炒股票，成为金融中心，但一次的大股灾中，令她衰弱得厉害，翻身过来后，又患黑人暴力的内伤。一颗大苹果，里面给虫蛀了，怎么样也医治不好。

纽约现在是一家酒吧的肥胖的老板娘，光顾这家店，她总可以告诉你一些她的光荣史，像占士甸、积克·歌罗尔的格林尼治《疲惫的一代》，以及她编排的《奥克荷马》、《南太平洋》等歌舞剧。不过，在她柜台后面有一管锯断的霰弹枪，突拿出来轰击歹徒，路客随时随地要冒无妄之灾。

她的名字叫东京。

起初，她是德川家康的情妇，彬彬有礼。江户时代她锁着大门做一个普通的家庭主妇。但后来接触到外国教育，开始有了野心。双重性格的她，狰狞的一面充分表现，想一口气把天下独吞，终被击败。战后，她在困境中挣扎出来，经营电子和交通事业，成为富婆。

放下武器，她也能在商场中打胜战，但是对头的美国犹太人想出一套更绝的方法，令她的货币升得超值，弄得她的经济陷入困境。

东京现在是高级料理的女大将，日本人所谓的老板娘。光顾她的店铺，绝对安全，干干净净，东西也物有所值，要是给付得起的话。

她的名字叫台北。

做日本人的童养媳，足足做了六十多年，蒋介石来后，她变成国民党的禁脔。

她的闺房中，杂乱无章，寸步难行，数十年来，交通搞得毫无进步，墙上挂的都是颜鲁公最难看的肥胖书法，毛病多得不得了。近年来私房钱储蓄不少，是邻居之中美金外汇存得最多的一家人。暴发户心态更加严重，买什么东西都大喊便宜。

台北现在开的海鲜铺子叫台南担仔面，有广阔的停车场代客泊车，店中布满法国家具和餐具，和卖的食物极不调和，俗不可耐。

她的名字叫香港。

勤俭耐劳，脚踏实地，起初是家中做人造花，再而经营纺织，摇身一变，成为国际企业的女强人。中间过程，经多少风雨和眼泪，都不向人透露。

外表坚强，内心却是十分温柔慈祥，做起善事，为天下之首，但是豪赌也是她的爱好，在股市马场，亿亿声的来来去去，面不改色。

家中烧的小菜，中西餐，各国食物，无不精美，所乘劳斯莱斯，所饮高级干邑，全球称冠。她将一颗顽石，磨成亮晶晶的金刚钻。

但是美女患上癌症，医生宣布她只有三年多的寿命，她身边的富人纷纷逃到加拿大美国就医，但挨不住生活的单调，重归她的怀抱。

几经上上落落，起起跌跌，她瞬间已经翻生，复苏之快，无人可比，生命力极强，她是不会老死的。

香港现在做的不是什么小生意，而是一个大财团，标志上画有一只火凤凰。

联合国

这是一个美好的理想。

所有民族聚集一堂，大家互相解决问题，维持世界的和平。但是，自成立以来，这世界上发生了一百三十次的武斗冲突，联合国现在变成一个垂死的老妇，什么事都做不了。

虽然如此，它还是值得一游的。在曼哈顿岛的一端占有广阔的面积，据说是洛克菲勒捐出来的。当然，这里起了联合国，洛先生买下的周围土地，也跟着变成为地王。

巍然的建筑物，和巨大的会议室，在无数的新闻片和照像里出现过，你来到此地，已有似曾相识的感觉，绝对不会陌生，尤其是，你看到外边升起的万国旗。

走进大堂，气派堂皇。迫人的是，和你样貌、高矮、肌肤颜色完全不一样的人麋集在一起，这时，你开始发觉这个世界大同的理想的确是很伟大。

一角，出售联合国发行的邮票，可以在任何一个国家通用，听闻在邮票上赚的钱，帮补了联合国不少。它很穷，因为有许多会员赖账，不交会费。

在这里做事的人，持有联合国护照，可以到会员国和非会员国去旅行，要是它们让你去的话。

五强在巨大的会议室中互相抨击，各代表挂上耳筒听即时翻译，有时候他们讲了一大堆，换到其他语言，只变成几句。总之骂来骂去还不是那几个字眼，不如把音量转到最低。

有人说，互相攻击之后，傍晚各国代表和他们的女秘书开的派对是很好玩的。

走廊里，陈设着各国送的礼物。非洲的原始木刻人像最美，中国送的数十只象牙拼起之雕塑，给爱护动物人士大骂。

值得旁听的是为儿童福利所开的歌唱会和科幻小说家克拉克的演讲。另外是跟着会员去吃喝的餐厅，便宜得要死。每次经过联合国，都摇头叹它的无能，花这么多人力物力，连谁是这一届的主席也没人关心。有些人建议把同一纬度的地方建一新的联合国，但结果还不是一样？不如把喜欢喝酒的人联合一起，世界更是安静。

国歌

一位作家说："国歌，在平时，也许是一种仪式，但是，当国歌与国民的悲欢融汇在一起时，唱出来与听到的，便是无可形容的对国家的爱。"

得到了世运金牌，自己国家的歌被奏出来，选手高兴下泪，的确是令人感动的场面。最无聊的是某些地方，开关电视节目都来一首。这还可以忍耐，因为你尽管翘起脚来喝啤酒。但是在电影院里，奏国歌强迫外地人也要和他们一起立正个老半天，听那又长又臭的送丧曲，那就太过分了。

国歌节奏的快慢、旋律的悦耳与否，都代表作曲时执政者的心理，反映民族性的作品反而很少。有些国歌实在难听，人民就把自己喜爱的曲子安上去。有时，一首电影的主题曲就变成他们官方或非官方的国歌。

日本的国歌太过悲怆，虽然曲子短，很多日本人都不会唱，他们宁愿用Sakura Sakura（樱花，樱花）的民谣来代替。

最天真的还是马来西亚的国歌，当年跟随流行由英国殖民地独立，一时束手无策，作不出什么好听的，便干脆选了一首月亮呀月亮呀的印度尼西亚爱情曲去当国歌，听起来反而特别有好感。

所谓的世界大同集会，常常因为政治的强弱而被迫不可用自己的国歌，我很讨厌这种现象。要是真正有困难，何必不完全放弃那些严肃的曲子，奏出当地的流行曲或民歌。苏联人唱《伏尔加船夫曲》。意大利人唱《我的太阳》。德国人唱《莉莉玛莲》。美国人唱《娱乐事业是最好事业》。

一年，在马尼拉举行亚洲影展，得胜的电影、男女主角导演等奖状颁发，必然奏出该国的国歌。虽然参加竞选的国家没有世运会那么多，但是乐队们已经搞得手忙脚乱。

当香港宣布得奖时，他们忘记要奏什么。“三民主义”不是，“起来起来”又不是，《保祐女皇》更不像话，结果弄了一首《生死恋》的主题曲：“爱情至上呀，爱情至上。”

接机游戏

到飞机场迎接远方的亲戚友人，通常一等就三十分钟一小时，想到餐厅喝杯啤酒又怕人走掉，连上厕所都要考虑。消磨这段时间的最佳办法，是猜猜走出来的是哪里人。

一般上，胡子刮得干净但还留青根，手指又粗又短，衣着灰颜色为主的，大多数是日本男人。女人则由她们的向内八字脚看出。

双颊扁平长下巴，脸给白雪反映得黧黑的是韩国人居多。

头发特别喜欢留到盖耳，西装只穿结婚、生儿、送丧三次的都是南洋来的。他们还习惯穿与外衣撞色的花衬衫，领口特大，露出了一大截袖子。

台湾人的西装剪裁得较短，和他们的头发一样。手上大小包的新三阳肉干，更易看出。

西洋人中，天真开朗的是美国人，英国人较阴沉保守，步伐如操兵的多为德国人，高大金发蓝眼的由北欧来到。

至于脸型发式装束都很顺眼的，那是乘飞机如搭巴士的国际人，很难猜出他们的国籍是哪里。

快点，快点！

到各地方去拍戏，总学会几句当地话。日子苦短，每一分一秒都是金钱和精力；太阳一下山，一片漆黑，剩下的几百个临时演员，每个都喊着要酬劳，多拍一天的精神压力，令到人喘不过气，每晚要发噩梦。所以，一下飞机，第一句学会的并非粗口，而是避免不了的："快点、快点！"

和中国话一样，其他国家语言一表示要增速，很少只说一声："快点！"而总是加强语气地重复。韩国人粗暴大喊："Parri、Parri！"

日本人顺口地叫出："Hayaku、Hayaku！"

泰国人吸气地发音："Liyau、Liyau！"

马来人重复是他们习惯："Lagas！ Lagas！"

英国人慢条斯理地："Faster！ Faster！"

要是你不先学，当地土女也自然地教会你。

手势

中国演员和日本摄影师谈天，我当翻译。前者摇动双手，说："我发觉日本人说话，手势特别多。"

后者单手在鼻前摇动，回答道："不，不，中国人的手势才多。"

讲到这两个不同国家人的手势，话题涌出。最先提的当然是性行为，中国人的花样千变万化：伸出中指，拇指夹在食中两指之间，用一只手拍另一只手之背、左手握圈，右指插入等等。日本人只有双手做捧女人的屁股，向自己拉来一种。

我们用拇指指着胸口，说："我。"日本人用食指指着鼻子，说："我。"

洗脸的手势，我们是用双掌朝自己脸打圆圈表示，日本人却双手上下推动强调。

伸出尾指，表示小，东西的小。日本人伸出尾指同样是表示小，不过是老婆的小。

手指有时也可以看得出一个人的个性，比方说很美，有些人用双手做出人脸，再伸出拇指。有些人说很美，先摸摸自己的下巴，再伸出拇指。这种人有极严重的自恋狂。

意大利人的手势最多，他们一说到美好的东西，即刻大力地吻着自己的手指，双手拼命地打圆圈。遇到什么不对的，啪的一声打自己的头，喊道："妈妈米呀！"

法国人表示很厉害的东西，总是握指左右摇动，说："呜啦啦！"

同一国家的人，差别亦甚大。香港人向台湾本省人说："你看到最大的西瓜有多大？"台湾人一定伸出一只手，把手指张到最大的极限，说："这么大！"而香港人多数会伸出双手做一大圆球状，说："这么大！"香港人向餐厅伙计说："拿个小碗来。"也用双手做出两个半圆合起来，就不比台湾人用单手来表现那么方便。

万国都通用的手势，众人同意是在说无可奈何的时候，耸耸肩，把双手摊开。

我忽然问道："你们的活儿有多长？"

大家都用双手表示。

海关

世界各地的海关人员，都有一副同样的嘴脸，你说奇怪不奇怪。他们从不带笑容，你永远是一个走私贩毒的嫌疑犯，到了你被证明是清白为止。

比较起来，香港的海关算是客气。这可能因为他们的身材没有其他各地那么魁梧，而且征税的项目很少，除毒品军火外，没有什么限制，对食物尤其松懈。美国不许带肉类进去，欧洲看到你带几棵芫荽，就以为你要移植某种罂粟，大惊小怪。

拥有的护照也大有关系，如果是由泰国来，行李带得不多的客人，一定会被搜个彻底。香港对本地人不诸多留难，和外国人一样看待。韩国和日本不同，归国者都带一大堆外国货，件件有被打税的可能。海关人员把行李中的东西全搬出来，如抓到小偷，真看不惯。一般上，他们个个凶神恶煞，对付的方法是不卑不亢，一到柜台不等他们问，即刻自动将行李打开，任查任检，即能省时。

这方法有时也不大行得通。有一次和一位女高音朋友一起到菲律宾，海关人员见我带了两瓶威士忌，说：“一瓶留下，一瓶你带走，行不行？”

我态度坚决，直摇头。那家伙又很客气地说：“如果你拒绝，我将会把你那位女伴的行李翻个没完没了，让她大出洋相。”

以前还有一些小国，要在护照中夹五块钱美金才能顺利通过，近年这现象减少了很多。

跟识途老马到其中一地，他把一条香烟拆散了。我问他干什么要那样做，他说：“这样海关只拿一两包，不然他们会把整条没收。”

最气人的一次是由台湾到东京，在日本的女秘书市川喜欢吃茶叶蛋，我买了十个带进去，海关一看，硬说：

“这是动物，要经过检疫才能入口。”

我说：“现在还是热的，什么动物不动物，不能带进去就算了。”

他再看了一下，问说：“这是什么蛋？”

我说：“王八蛋。”

即时翻译

这实在是一门很深奥的学问。即时翻译者是思想交流的桥梁，口译得好，能扭转乾坤；弄得不是，把事情搞得一团糟还不错，要做出闹人命的悲剧。

有一位精通外语的朋友，做即时翻译时，把双方尖锐的暗示性攻击也传播出去，结果打起架来。另一个同学，不敢将强调的重点翻译，怕得罪对方，结果连当事人也觉察他的懦弱，急得跳起："他妈的，你翻给他听嘛！一字一字照翻好了！说我操他的娘！"

低能的口译者，实在令人忍受不了。曾在联合国听议会中的争论，政治家选用了最恰当的字眼，最适应的语态来陈述一个观点，结果听到的翻译，只是寥寥数语，而且，还是辞不达意。

翻译人材除精通语言外，还要有天南地北、无一不懂的基本常识。自认有些外语略能应付，但只限于文科，要是翻译理科的东西，可要人老命。

见过的最佳翻译之一，是卜·合到大陆去的时候那位跟随着他的口译员，他不但面目惹人欢喜，俚语又精湛，更妙的是，他能把卜·合的表情也翻译了出来。

外交翻译员应该是一流的货色吧，常看到国际照片的传真，有些国家的口译员虽是语言天才，但是样子极古怪. 衣物皆老土，这也会变成缺点。

中国方言太多，也须翻译。有一次看到一架中华航空公司的飞机，在花莲的跑道上差点失事，但结果安全降落，电视摄影队到现场，访问一个老太婆，她用闽语说："惊死人唷，飞机一落来，我才知道裤裆已经又流尿，又流屎。"

采访员以为不能登大雅之堂，向观众说："这位老太太说她很怕。"

南洋地方的福建粗人，更喜欢把"我"字叫成"你老父"，"老子你"的相同意思。

有个富商捐款创立大学，人家请他演讲，他说：

"你老父出很多钱、很多力，给你这浪屎人的子女读书。"

被翻为："在下略献微款，希望造福下一代！"

旅行伴侣

有放翁癖的人，出外时随身总带个伴侣——成药，不知道你有没有这个习惯?

“济众水”是其中之一，真是神奇的发明。

古人说良药苦口，天下没有一种药比“济众水”更难喝的了。

别小看那一小瓶的东西，打开塞子，一口服下。啊，像一条烧红的铁杆直插入肠，味道苦得把整个脸上的眉、眼、鼻、嘴都皱在一起。

证明它的效力。

外国朋友问:“这么难喝的东西，到底是用什么做的?”

“那是鸦片水！”面不改色地撒谎。骗鬼佬，最开心不过。

跟着把《本草纲目》引述出来，说什么鸦片虽是毒品，但也是最有效的医治肚泻的药物等等大道理。

洋人听了当然大点其头，即刻信服。说也奇怪，介绍过的人服了，果然痊愈。

“济众水”的说明书上的成分表，只写着包括了大黄、豆蔻、丁香、槟榔皮、辣椒、樟脑、薄荷、甘油、酒精和水，当然没有什么鸦片啰。

那道辣入肠的感觉是来自药中的辣椒吧。不然便是甘油，听说甘油可以用来制造爆炸品的，还不厉害？至于为什么有效，相信是药方中的酒精。

一次到曼谷去玩，忘记带了。狂吃指天椒之后，上吐下泻，心想要是有瓶“济众水”的话，早就搞定了。结果到唐人街药房也找不到，只有吃当地的药丸。一点也没有效力，弄得差些进医院。

别以为住五星级的酒店，就可以找客房服务拿药来，他们最多只准备点头痛片。其他的免问，当然有些酒店会好心地派人到二十四小时服务的药房替你找，但是买回来的多是不对办。出外旅行，准备几位伴侣，总不会吃亏。

到外国最容易患的是水土不服，有人迷信“保济丸”，不过总觉它太轻微。有种瑞士出品的细小药丸很有效，可惜从前有人吃过带副作用的，弄得颈项硬掉。更可靠的止泻药，除了“济众水”之外，有荷兰出品的“Norit”。

“Norit”没有什么大道理，是最基本最朴实的炭片。不管食任何化学品，自古以来，活性炭是治肚患的良方，它吸收水分，并有解毒作用。

患神经质胃肠的人，常无缘无故上洗手间，吃“Norit”也很见效。

至于伤风感冒，“银翘解毒片”不错，但是它要在最初征象的时候服用，一严重了多吃也照样咳嗽鼻涕，这情形之下还是找西药为妙。

西洋的伤风药毛病出在吃了昏昏欲睡，驾起车来，尤其危险。

其实伤风感冒不算是病，你在伦敦为了伤风感冒去诊所，还要给医生赶出来呢。伦敦雾大，又阴沉沉，有谁不生病？

旅行患了伤风，最佳疗法并不是靠药物，暴食暴饮好了。通常不会有胃口，但一定要强迫自己吃东西，告诉自己吃得越饱越有精力，你会发现果然如此。

需要的话，服点西药，虽有催眠的副作用，照样游览，反而有点 High High 的感觉。偶尔为之，比喝醉酒更过瘾，是另外一种享受。

谈到喝酒，在外国玩，不免喝过度，尤其是他们的餐酒，酒精度低，醉起来，真要人老命。宿醉这件事，少有药医，最佳治疗可以喝大量的茶，喝到肚泻，上几次洗手间，睡个大觉，自然会好，真是废话。头痛欲裂时，吞几颗“必理痛”（Panadol），也不过是暂时的解决办法。

万一割伤流血，没有一种好过“云南白药”了。它简直是武侠小说中出现的追风止血散，神奇得不得了。现在已有现代化包装的胶囊，打开之后撒在伤口上，要是血再流，便再撒，撒到看不见血为止。当然太严重的个案还是要即刻进医院，又是废话。

“云南白药”中还有一颗红颜色的保险丹，听说是留给子弹穿过身体时服用的。有没有效不知道。总之谢天谢地，还没有这种经验，不过各位要是去菲律宾玩，还是带这位伴侣为妙。

喜欢吃海鲜的朋友，有时遇到奇形怪状的鱼虾酱，非试不可，但吃了忽然患皮肤敏感，全身发痒。那么，名厂 Bayer 出品的“Incidal”最好。服二粒，即止。还是很痒，再二粒，无不见效。

说了这么多，出门时要是全带了，简直是个小药房。其实天下良药，莫过于一瓶白兰地或威士忌。酒能杀菌，多喝了更可以养成铜皮铁骨的肠胃，到世界各地旅行，一点也不怕，因为你已经醉了。

随身携带一个扁平的铁樽。无时不喝，人家问你喝些什么，尽可回答：“肥仔水。”

忽然，我惊醒自己已经老了。

年轻时，遇友人，总谈哪一个女人最好。到现在这个年纪，一见面，介绍来介绍去，尽是医生、药。唉！